AF308765

LES RUINES DE BABYLONE,

OU

GIAFAR ET ZAÏDA,

MÉLODRAME HISTORIQUE,

EN TROIS ACTES, EN PROSE,

ET A GRAND SPECTACLE;

PAR R. C. GUILBERT PIXERÉCOURT.

Représenté, pour la première fois, à Paris, sur le théâtre de la Gaîté, le 30 octobre 1810.

Musique de M. GÉRARDIN-LACOUR.

Ballets de M. HULLIN. Décors de M. ALAUX.

SECONDE ÉDITION.

———————

A PARIS,

Chez BARBA, Libraire, Palais-Royal, derrière le Théâtre Français, n°. 51.

1810.

Le trait qui m'a fourni le sujet de cette pièce, quoique l'un des plus intéressans de l'histoire de l'Orient, n'est peut-être pas assez généralement connu pour qu'il soit inutile de le rappeler ici.

Giafar-le-Barmécide était premier Visir du Calife Haroun-al-Raschid, ami et contemporain de Charlemagne, et l'un des plus illustres souverains de son siècle. Ce prince avait une sœur très-aimable, près de laquelle il passait tous les momens que lui laissait le soin des affaires publiques. Son ministre et cette sœur chérie étaient les deux personnes qu'il aimait le plus. Il eût voulu les réunir auprès de lui, pour jouir à-la-fois de leur entretien; mais les mœurs de l'Orient ne permettant pas que la sœur du Calife parût devant un étranger, Haroun résolut de les marier. Seulement, comme il se faisait un point de religion qu'aucun sujet ne mêlât son sang avec celui d'Ali, qui était sacré chez les Mahométans, il exigea de Giafar la promesse qu'il n'userait jamais des droits du mariage; Barmécide s'y engagea par serment : il n'avait pas encore vu l'épouse que son maître lui destinait. Quand il la connut, son cœur se révolta contre l'engagement qu'il avait pris; il le trouva injuste et cruel. Malgré les ordres et la surveillance du Calife, il eut d'Abassa un fils qu'il fit élever secrètement à la Mecque. Haroun, quoique rempli d'ailleurs d'excellentes qualités, était d'un caractère extrêmement violent. Ayant eu connaissance de ce commerce secret, il s'abandonna aux plus grands excès où puissent porter la colère et le despotisme. Il condamna à mort Giafar et sa famille; tous les Barmécides, au nombre de quarante, furent égorgés dans une seule nuit; Abassa fut chassée honteusement du palais et de Bagdad. Réduite à la condition la plus déplorable, elle mourut bientôt de douleur et de misère.

Voilà ce qu'on lit dans l'*Histoire des Arabes*. Je n'ai pris de ces événemens et de cette catastrophe éminemment tragique que ce qu'il m'a fallu pour fonder ma pièce; tout le reste est d'invention.

On a dit qu'il y avait dans mon titre et dans la pièce un double anachronisme contre l'histoire et la géographie. Jamais je n'ai répondu aux critiques qui m'ont été adressées dans les journaux, même quand elles m'ont paru injustes, car je suis convaincu que les armes sont trop inégales pour qu'un auteur parvienne à prouver qu'il a raison. Cependant comme les reproches que l'on me fait portent sur des points matériels, étrangers d'ailleurs au mérite littéraire de l'ouvrage, je puis et je dois me justifier pour n'être point accusé de manquer à l'exactitude dont j'ai contracté l'obligation en intitulant mon drame *historique*. Il est possible qu'un auteur fasse une mauvaise pièce, mais il ne lui est jamais permis de donner des mensonges pour des vérités.

En comparant les *Ruines de Babylone* aux *Barmécides* de la Harpe, (ce que je tiens à grand honneur), on dit que nous avons traité le même sujet, mais qu'il s'est conformé *scrupuleusement* à l'histoire et que je l'ai altérée pour avoir un dénouement heureux, qu'en un mot j'ai fait un roman. On a lu plus haut le trait historique ; voici le sujet de la tragédie dont l'action est postérieure de vingt ans à celle de mon drame, ce qui repousse toute idée de ressemblance et même de rapprochement.

Giafar et son fils ont échappé au massacre des Barmécides. Le dernier élevé par un serviteur fidèle, sous le nom d'Amorassan, est parvenu au rang de Visir et conspire contre Haroun pour venger le meurtre de sa famille. Giafar, caché pendant vingt ans dans un coin de l'Asie sans que l'on en ait entendu parler, apprend le projet des conjurés, quitte sa retraite et accourt à Bagdad pour dénoncer son fils au Calife qui a la bonté de pardonner, quoique le jeune Aménor son héritier chéri soit tombé sous le fer des conspirateurs.

Je laisse au lecteur à décider lequel des deux a été le plus exact ou le plus romanesque.

Maintenant je passe à la géographie à laquelle la Harpe a été bien moins fidèle que moi, car il place Bagdad sur l'Euphrate. Saed dit en racontant comme il a sauvé Giafar :

> Et l'Euphrate cacha dans ses profonds abîmes
> Mon heureux artifice et mes tristes victimes.

On me reproche d'avoir mis les Ruines de Babylone près de Bagdad. Voici ma réponse. Strabon qui vivait vers l'an 14 de J. C. dit en parlant de cette ville presque fabuleuse par son antiquité, (puisque sa fondation par Nembrod remonte à l'an du monde 2300, environ un siècle après le déluge,) qu'elle était située sur l'Euphrate et qu'elle s'étendait vers le Tygre. Or Bagdad est construite sur les ruines de Séleucie, ville bâtie par Séleucus Nicator, sur le Tygre, en face de Babylone et à trois cents stades de cette dernière, ce qui fait environ dix à onze lieues (1). Tous les voyageurs placent la fameuse tour de Nembrod, que l'on croit être la tour de Babel et qui faisait partie de Babylone, dans une campagne entre le Tygre et l'Euphrate : c'est également dans ce petit intervalle qui sépare Bagdad de l'Euphrate que N. Defer, géographe estimé, place les ruines de Babylone. *Voyez sa carte de l'Empire des Turcs en Europe, en Asie et en Afrique.* Fort de toutes ces autorités, j'ai cru ajouter encore à l'intérêt du sujet en plaçant le troisième acte de ma pièce dans un lieu qui rappelle de si beaux souvenirs.

______

(1) Le stade avait 125 pas.

PERSONNAGES.	ACTEURS.
HAROUN-AL-RASCHID, Calife de Bagdad.	M. *Lafargue.*
HASSAN, fils d'Haroun.	Mlle *Hugens.*
ZAÏDA, sœur du Calife et épouse de Giafar.	Mlle *Bourgeois.*
GIAFAR LE BARMÉCIDE, premier Visir.	M. *Marty.*
NAÏR, fils de Giafar et de Zaïda, âgé de cinq ans.	Mlle *Jenny Soissons*
RAYMOND, français, ami secret de Giafar.	M. *Tautin.*
ISOUF, chef des Eunuques.	M. *Genest.*
ABOULCASEM, Cheik de Bédouins.	M. *Ferdinand.*
MORABEK, Bédouin.	M. *Duménis.*
AGIB, vieil Arabe.	
Un Garde du Calife.	} M. *Mickot.*
Odalisques.	
Soldats.	
Bédouins.	
Esclaves.	
Eunuques.	

L'action se passe en 796, à Bagdad et dans les ruines de Babylone, qui n'en sont éloignées que de douze à quinze milles.

Vu au Ministère de la Police générale de l'Empire, conformément aux dispositions du décret Impérial du 8 juin 1806, et à la décision de S. E. le duc de Rovigo, en date de ce jour.

Paris, le 31 août 1810. Signé *le Secrétaire général,* SAULNIER.

Vu l'approbation, permis d'afficher et représenter, ce 22 octobre 1810. *Le conseiller d'état, Préfet de Police, Baron de l'Empire.*

Signé PASQUIER.

LES RUINES
DE BABYLONE,
OU
GIAFAR ET ZAÏDA.

ACTE PREMIER.

Le théâtre représente l'intérieur des jardins du sérail. A gauche (1), l'appartement de Zaïda, dont une croisée donne sur le jardin. A droite, un kiosque fort simple en apparence. Dans le fond une grille très-riche. En ouvrant les persiennes dont elle est garnie, on voit le Tygre qui baigne les murs du sérail et le pont couvert jeté sur ce fleuve. L'autre rive présente une campagne riante ornée de jolies habitations.

SCENE PREMIÈRE.

Esclaves muets, RAYMOND.

(Au lever du rideau les Esclaves sont occupés des apprêts de la fête que l'on destine à Giafar; on place des vases remplis de fleurs, des guirlandes, etc. Raymond dirige tout. Ses recommandations et son activité impriment un grand mouvement à ce tableau.)

RAYMOND.

JE vous ai donné l'exemple du travail ; maintenant je vous dois celui du plaisir et de la joie. Voici la chanson que je vous ai promise pour stimuler votre zèle. Seulement, comme elle fronde tant soit peu les lois sévères du sérail, je chanterai tout bas et vous danserez incognito.

---

(1) Toutes les indications que l'on trouvera dans la pièce sont cen-sées prises du parterre, c'est-à-dire relativement aux spectateurs. Les acteurs sont placés au théâtre comme en tête de chaque scène. Les changemens de position sont indiqués au bas de la page.

(Il chante en s'accompagnant du luth.)
Premier Couplet.

Je ris tout bas de voire Mahomet;
Que le Prophète ici me le pardonne :
Mais aux plaisirs que sa loi vous promet,
Moi, je préfère un baiser qu'on me donne.

(Pendant le refrain les muets dansent d'une manière grotesque sur l'accompagnement de Raymond, qui leur recommande de faire le moindre bruit possible.)

SCENE II.

Les Précédens, GIAFAR, *déguisé en esclave noir.*
(Giafar paraît dans le fond, il fait des signes à Raymond.)
RAYMOND, *à part, le remarquant.*

A qui donc en a cet esclave ? sans doute il a fait quelque sottise, et il vient implorer mon appui contre le chef des Eunuques. (*Les esclaves se rapprochent de Raymond et le prient de continuer sa chanson.*) C'est juste, je n'ai pas rempli ma promesse ; il vous faut encore un couplet.

(*Les esclaves applaudissent.*)
Second Couplet.

Aux vrais Croyans, dans son livre divin,
Après leur mort, il promet l'ambroisie.
Ah ! sans attendre un bonheur incertain,
Transportons-nous d'avance en l'autre vie.

(Refrain et danse comme au premier couplet. Giafar, qui a parcouru les jardins pour ne pas inspirer de soupçons, revient à la fin de la danse et renouvelle ses signes à Raymond, mais avec plus d'instance ; il le supplie d'éloigner ceux qui l'entourent.)
RAYMOND, *à part.*

Encore ce muet ! décidément c'est à moi qu'il en veut. Ses instances me touchent. Allons... il faut le satisfaire. (*aux esclaves.*) C'est assez pour aujourd'hui. Allez dans l'autre partie des jardins, je ne tarderai pas à vous rejoindre. Vous disposerez le bois d'orangers pour l'illumination, d'après le plan que j'ai tracé.

(Giafar remercie Raymond et se tient à l'écart pendant la sortie des muets qui s'éloignent par la droite, en dansant.)

SCENE III.

GIAFAR, RAYMOND.
RAYMOND, *à Giafar.*

Approche. Que veux-tu ?

GIAFAR, *le menant vivement près du kiosque, afin de
n'être pas vu.*

T'embrasser et revoir ma chère Zaïda. (*Il ôte le masque
qui couvre sa figure.*)

RAYMOND.

Giafar !

GIAFAR, *lui mettant la main sur la bouche.*

Silence !

RAYMOND.

Mon maître !

GIAFAR.

Dis donc ton ami. Mon cher Raymond ! (*ils s'embrassent.*)

RAYMOND (1), *après avoir regardé s'ils ne peuvent être vus.*

Votre imprudence me fait frémir. Si le Calife...

GIAFAR.

Quelle que soit sa défiance, ira-t-elle deviner son premier Visir sous les habits d'un vil muet ? non, sans doute.
D'ailleurs il me croit occupé dans mon camp. Pendant que
l'on dispose tout pour l'entrée triomphale et brillante que
sa magnificence me prépare, je me suis secrètement dérobé
de ma tente. A la faveur de ce déguisement, j'ai traversé la
ville et suis entré au sérail sans rencontrer le plus léger
obstacle.

RAYMOND.

Je tremble ! si l'on vous découvrait en ces lieux...

GIAFAR.

Je sais tout ce que j'aurais à redouter de l'implacable
Haroun. Qui mieux que moi connaît ce despote orgueil-
leux, si étonnant par le mélange inconcevable des meilleures
et des plus mauvaises qualités ? je sais que ce prince, justement renommé dans l'Orient par sa bravoure, sa libéralité et
les bienfaits qu'il répand sur ses peuples, s'est montré souvent capricieux, ingrat, cruel même ; qu'il sacrifie, sans
scrupule et sans regrets, les droits les plus sacrés de la reconnaissance et de l'humanité, à ses injustes soupçons et à
la bizarrerie de ses goûts. Je ne puis donc ignorer que ni
mes services depuis dix ans, ni les victoires que je viens
de remporter, ni son amitié même, ne pourraient me soustraire à l'affreuse vengeance qu'il tire de quiconque ose enfreindre ses ordres : mais j'ai tout bravé pour revoir mon

____

(1) RAYMOND, GIAFAR.

épouse. Après une absence de dix lunes, j'ai du craindre que ses transports, que les miens ne nous trahissent en présence de l'argus adroit qui nous surveille. Elle attend de moi des détails sur son fils, sur notre cher Naïr, dont nous avons su couvrir, jusqu'à ce jour, l'existence d'un mystère impénétrable. En un mot, il faut, à tel prix que ce soit, que je la voye, que je lui parle sans témoins. J'ai compté dans cette circonstance importante sur la protection du Prophète et sur le zèle d'un ami sincère dont l'adresse a su éloigner de nous tous les périls, et m'a procuré les seuls instans de véritable bonheur que j'aie jamais connus.

RAYMOND.

O Barmécide ! mon digne bienfaiteur ! votre attente ne sera point trompée. J'ai plus que jamais les moyens de vous être utile. L'espèce de folie que j'affecte et dont Zaïda paraît s'amuser à dessein, plaît beaucoup au Calife, et me donne le droit de dire impunément la vérité. Personne n'ose se plaindre d'un homme qui a le bonheur de faire rire sa Hautesse et à qui elle a conféré le droit exclusif de rompre, par ses saillies bouffonnes, ou par les fêtes qu'il invente, la triste monotonie de ce séjour. Fidèle à notre plan, je continue de marquer pour vous de l'éloignement, de l'aversion même, et j'ai cru remarquer que c'est une des causes principales de la bienveillance d'Haroun à mon égard. Quoiqu'il vous aime beaucoup, par une suite naturelle de la bizarrerie de son caractère, il lui paraît piquant de l'emporter sur vous et de m'inspirer de l'ingratitude pour mon ancien maître. Ah ! qu'il connaît mal le cœur de Raymond. Le rang, les honneurs, les richesses, rien ne saurait éteindre la juste reconnaissance que je vous ai vouée. Généreux Giafar ! le souvenir de vos bienfaits est gravé là... en traits ineffaçables. Disposez de Raymond comme de votre esclave le plus fidèle ; il est à vous à la vie, à la mort.

GIAFAR.

Tant de zèle me touche et ne me surprend pas. Tu m'as prouvé depuis huit ans que ton attachement pour moi ne connaît rien d'impossible. Apprends donc...

ISOUF, *en-dehors.*

Raymond !

RAYMOND.

On m'appelle... (*il regarde.*) C'est Isouf.

GIAFAR.

Cet Eunuque dévoué à la favorite? est-il toujours en faveur?

RAYMOND.

Plus que jamais.

GIAFAR.

C'est tout simple ; il est faux et méchant.

ISOUF, *de même.*

Raymond !

RAYMOND.

Plaît-il, seigneur ? (*à Giafar.*) Je vais le trouver. Attendez-moi. Il vient !... Remettez votre masque et feignez de vous occuper du soin de ces fleurs.

SCENE IV.

RAYMOND, ISOUF, GIAFAR.

RAYMOND, *très-gaîment.*

Me voilà, seigneur Isouf ; me voilà.

ISOUF.

Je te cherchais. Il faut que je te parle. (*D'une voix dure à Giafar, qui arrose des arbustes.*) Esclave, éloigne toi.

GIAFAR (1), *bas à Raymond.*

Fâcheux contre tems ! (*Il s'enfonce dans les jardins à droite.*)

SCENE V.

RAYMOND, ISOUF.

ISOUF, *à part.*

Ce Français peut m'être utile. Essayons de le séduire, sauf à le perdre ensuite.

RAYMOND, *à part.*

Défions-nous de ce vieil hypocrite.

ISOUF.

Trop heureux Raymond, rends grace à la fortune qui vient se présenter à toi.

RAYMOND.

Peut-elle m'offrir rien de plus agréable que cette rencontre imprévue ?

ISOUF.

Trève de complimens. Point de détours avec moi.

RAYMOND, *à part.*

Que veut-il dire ?

---

(1) RAYMOND, GIAFAR, ISOUF.

Les Ruines.   B

ISOUF.

Tes desseins me sont connus. J'ai deviné le motif qui t'a
fait quitter Giafar et solliciter la faveur étonnante d'être
admis dans les jardins du sérail.

RAYMOND, *avec inquiétude.*

Vous l'avez deviné ?

ISOUF.

Oui.

RAYMOND, *de même.*

Et ce motif... c'est...

ISOUF.

L'ambition.

RAYMOND, *à part.*

Il ne sait rien.

ISOUF.

Jamais personne ne m'a trompé.

RAYMOND, *à part.*

Je serai donc le premier. (*haut.*) Puisque, grace à votre
étonnante pénétration, mon secret vous est connu, je vais
vous dévoiler mon âme tout entière. Sans doute, j'ai de
grandes obligations à Giafar ; pendant le séjour que ce ministre fit à la cour de Charlemagne, j'eus occasion d'éprouver la bonté de son cœur. Ma famille était opprimée, malheureuse ; il lui rendit tous les biens à la fois, l'honneur et
la fortune. Je m'attachai à lui et je quittai la France pour le
suivre à Bagdad. Il me regardait comme un autre lui-même
et me communiquait ses plus secrètes pensées. Mais à travers ses confidences, j'observai le caractère du Calife ; je
crus démêler que ce prince commençait à se lasser de Barmécide, soit par inconstance, soit par la seule raison peut-
être qu'il en a reçu les services les plus signalés.

ISOUF.

Trop loyal encore pour vouloir précipiter la chûte de ton
bienfaiteur, tu ne pus cependant repousser l'espoir de t'élever sur ses ruines ?

RAYMOND.

Il est vrai.

ISOUF.

J'avais deviné tout cela. Je t'observe depuis long-tems, et
j'ai su démêler, à travers cette folle gaîté, une profondeur et
une souplesse très-propres à seconder mes importans desseins.

RAYMOND, *à part.*

Habile physionomiste !

(11)

ISOUF.

Nous touchons tous deux à une époque décisive pour notre fortune.

RAYMOND.

J'en accepte l'augure.

ISOUF.

Mais nous avons besoin d'un accord parfait, d'une
alliance étroite que rien ne puisse rompre, et sur-tout d'un
secret inviolable.

RAYMOND.

Vous ne pouviez mieux vous adresser.

ISOUF.

Choisis donc, ou vingt mille sequins et la seconde place
de l'état après le Calife, car j'aurai la première.

RAYMOND.

C'est juste.

ISOUF.

Ou une mort...

RAYMOND.

Mon choix n'est pas douteux.

ISOUF.

Pénètre-toi bien du vaste plan que nous avons conçu. Je
dis nous, car je ne suis que l'organe d'une femme jalouse
et offensée, d'Almaïde.

RAYMOND.

L'épouse du Calife ?

ISOUF.

Depuis six ans Giafar est uni à la belle Zaïda ; mais tu
ignores les circonstances qui ont amené cet étrange mariage, et la condition bizarre qui y fut attachée ; condition
qui va devenir la source des plus grands événemens.

RAYMOND.

Chaque mot redouble ma curiosité.

ISOUF.

Almaïde, avant d'appartenir au Calife, était éprise de
Giafar ; mais Barmécide fut insensible à ses attraits et à
toutes ses séductions. Que fit cette fière beauté pour se
venger d'une telle indifférence ? S'étant aperçue de l'in-
clination secrète de Giafar pour la sœur du Calife, elle
conseilla à celui-ci de les unir. Puis, abusant des droits
qu'elle avait sur son époux, dont elle avait comblé le vœu
le plus cher en lui donnant un fils...

RAYMOND.

Ce jeune Hassan que l'on élève dans une forteresse construite au milieu des Ruines de Babylone ?

ISOUF.

Précisément. Sous prétexte que le sang d'Ali ne devait pas être souillé par une alliance étrangère, mais effectivement pour assurer le trône à son fils, elle mit à cet hymen la condition cruelle que Barmécide ne serait jamais pour Zaïda qu'un frère, un ami ; qu'en un mot il ne reclamerait jamais les droits d'un époux.

RAYMOND, *à part*.

L'idée de cette terrible vengeance n'a pu naître que dans le cœur d'une Africaine outragée.

ISOUF.

Ebloui d'un tel honneur, et se flattant peut-être que le Calife rétracterait un jour cet ordre rigoureux, Giafar se soumit à tout. Il s'engagea, sous peine de mort, à l'exécution entière de la volonté de son maître.

RAYMOND.

A coup sûr il n'aimait point Zaïda. S'il avait eu l'amour que vous lui supposez, il n'eût jamais fait un serment qu'il est au-dessus des forces humaines de ne pas enfreindre.

ISOUF.

Aussi l'a-t-il violé.

RAYMOND, *à part*

Il sait tout.

ISOUF.

Du moins nous en avons la conviction intime.

RAYMOND, *à part*.

Ah !... (*haut.*) Malheureusement cela ne suffit pas pour le perdre, il faut la preuve.

ISOUF.

Nous l'aurons. Oui, je suis sûr qu'il existe un fruit de leur intelligence.

RAYMOND.

Quelle probabilité ?

ISOUF.

Environ quinze lunes après ce mariage, Zaïda demanda à son frère la permission d'aller en pèlerinage à la Mecque, sous prétexte d'accomplir le vœu qu'elle avait fait pendant une maladie grave dont le Calife fut attaqué. Le motif était spécieux. La Princesse partit ; mais nous l'entourâmes d'espions adroits qui surveillèrent toutes ses démarches et nous en rendirent un compte exact. Nous sûmes qu'elle avait eu des conférences secrètes et fréquentes avec l'Iman du temple, et qu'elle avait disparu aux yeux de sa suite pendant un jour entier, *(avec défiance et un sourire malin.)* pour rester, dit-on, en prières.

RAYMOND.

Cette dernière circonstance a pu, j'en conviens, vous faire concevoir des soupçons; mais si rien ne les a confirmés depuis...

ISOUF.

Après le dernier combat que Giafar a livré aux Arabes, il a feint d'être retenu dans sa tente par une blessure, et s'est éloigné de son camp pendant cinq jours. Il a franchi, comme par miracle, l'énorme distance qui le séparait de la Mecque, où il s'est rendu furtivement pour chercher...

RAYMOND.

Qui?

ISOUF.

Son fils.

RAYMOND.

Son fils!

ISOUF.

Je ne puis encore le prouver; mais quelque tems après cette excursion, on a remarqué à sa suite un jeune enfant dont les traits ont beaucoup de ressemblance avec ceux de Zaïda. Il passe dans l'armée pour un orphelin recueilli sur le champ de bataille; mille témoins attestent le fait; mais cette ruse ne saurait m'en imposer. Giafar est à deux doigts de sa perte.

RAYMOND.

(A part.) Il me fait frémir. *(haut.)* Oui, sans doute.

ISOUF.

Maintenant il faut dissimuler. Il faut que tu te rapproches de Barmécide, que tu paraisses te repentir de ton ingratude. Il croira ton retour sincère et tu seras bientôt initié dans ce mystère qu'il nous importe tant de connaître.

RAYMOND.

Ah! que je vous remercie de vous être adressé à moi. Vous n'imaginez pas quelle reconnaissance...

ISOUF.

Je douterais de ta franchise si ta fortune ne devait pas

erre le prix du traité. Tu sais d'ailleurs, d'après le caractère
d'Almaïde et le mien , quelle serait la récompense d'une in-
fidélité ou de la plus légère indiscrétion. Adieu. Je vais rendre compte à la favorite du succès de ma commission.

RAYMOND, *voyant Giafar qui traverse le fond.*

Oh ! je réussirai ou j'y perdrai la vie.

ISOUF.

Bien ! bien ! j'aime cette chaleur. Adieu.

RAYMOND.

Je salue le premier Visir de sa Hautesse.

ISOUF, *prenant le compliment pour lui.*

Pas encore ; mais cela ne tardera pas. Ah ! ah ! il est plai-
sant ce Français ! il est tout-à-fait aimable. (*Avec un air de
protection.*) Sois sûr que dans ma prospérité , je ne t'ou-
blierai pas.

RAYMOND, *avec intention.*

J'y compte , et je ferai ensorte que vous vous souveniez
toujours de moi. Au revoir.

ISOUF.

Adieu. (*Il sort en se frottant les mains.*)

SCENE VI.
GIAFAR, RAYMOND.

RAYMOND.

Ah ! traître ! je les déjouerai ces trames odieuses. (*il appelle Giafar qui reparaît.*) Malheureux Giafar , vous êtes
entouré d'espions. Almaïde a juré votre perte. Craignez tout
de sa haine. Opposons la prudence et l'adresse à la perfidie
de ses agens. Puissai-je, au prix de mon sang, vous garantir
des pièges qu'ils vous tendent.

GIAFAR.

Ami rare et fidèle !... je t'en conjure , au milieu de ces
anxiétés, que je voye Zaïda un instant, un seul instant.

RAYMOND.

Il serait plus sage de vous éloigner.

GIAFAR.

Je ne le puis. Mon amour nourri par l'absence, par les obs-
tacles, est plus impétueux, plus brûlant que jamais. Je paye-
rais de ma vie une heure d'entretien avec ma chère Zaïda.

RAYMOND.

Une fois engagé dans ce doux entretien , serez-vous assez

maître de vous pour le rompre ? Je crains le retour d'Isouf,
l'arrivée d'Haroun.

GIAFAR.

Que m'importe ? Ta résistance irrite encore mes désirs.

RAYMOND.

Rappelez-vous, Seigneur, que je suis chargé par l'un et
l'autre de veiller sur tous deux ; et que je dois compte à
chacun de vous de ce qu'il a de plus cher au monde.

GIAFAR.

Il est vrai. Eh bien ! j'y consens, je ne lui parlerai pas ;
mais je veux la voir et lui remettre un selam (1) que je vais
composer pendant que tu lui feras entendre le signal accou-
tumé.

RAYMOND.

Vous le voulez ?... Allons, il le faut bien.
(Il va prendre son luth, et prélude sous la croisée de l'appartement
de Zaïda. Pendant ce tems, Giafar parcourt le jardin pour cueillir
des fleurs et des fruits dont il forme un *selam*.)

SCENE VII.

ZAIDA, RAYMOND, GIAFAR.

ZAÏDA, paraissant sur le balcon.

Cher Raymond, que viens-tu m'annoncer ?

RAYMOND.

Un message de votre époux. (*A Giafar.*) Approchez.

ZAÏDA.

Quand donc me sera-t-il permis de le voir ?

GIAFAR.

Bientôt.

ZAÏDA.

Quelle voix !

GIAFAR.

C'est la sienne.

ZAÏDA.

Giafar sous ce déguisement !

RAYMOND. (2)

Imprudens ! Silence !

---

(1) On appelle *selam*, en Turquie et dans l'Orient, un petit pa-
quet composé de fleurs, de fruits, de bois, de soies et autres objets
qui tous ont une signification allégorique. Ce moyen ingénieux de
correspondance est fort en usage parmi les amans, d'autant qu'il ne
présente aucun danger, puisqu'en dérangeant la disposition de ces
divers objets, ou en les divisant, ils n'offrent plus aucun sens.

(2) ZAÏDA, GIAFAR, RAYMOND.

GIAFAR, *montrant le selam à Zaïda.*

Ce fidèle interprète de mes pensées te dira ce qui se passe en mon âme, tout ce que j'ai souffert pendant notre cruelle séparation et le moyen que j'ai trouvé pour nous réunir.

(*En montant sur une balustrade qui se trouve au-dessous de la croisée, il parvient à donner le selam à Zaïda, qui se baisse pour le recevoir.*)

ZAÏDA, *à demi-voix.*

Notre fils...

GIAFAR.

Ce selam t'apprendra...

RAYMOND, *qui observe dans le fond.*

J'aperçois Haroun, séparez-vous. Dans ce kiosque, seigneur, jusqu'à ce que vous puissiez sortir sans danger.

GIAFAR, *à Zaïda.*

Nous nous reverrons bientôt. (*il entre dans le kiosque.*)

ISOUF, *en-dehors dans l'appartement de Zaïda.*

Princesse...

ZAÏDA, *avec effroi.*

Isouf ! O ciel !

ISOUF, *de même.*

Le Calife, votre frère, vous invite à venir le rejoindre au pavillon des fleurs.

ZAÏDA.

(*Elle se tourne pour répondre à Isouf, mais elle agite en-dehors du balcon le selam qu'elle tient de la main gauche pour le faire remarquer à Raymond.*)

Dites à sa Hautesse que son humble esclave se fait un devoir d'obéir à ses ordres.

ISOUF, *de même.*

Elle m'a chargé de vous conduire moi-même.

(*Il s'avance sur le balcon et baisse le store. Zaïda, avant de rentrer, a jeté le selam à Raymond, qui se blottit sous le balcon pour n'être pas vu d'Isouf.*)

SCÈNE VIII.

RAYMOND, *seul, qui a ramassé le selam.*

Ce vieux coquin connaît sans doute le langage énigmatique de ces fleurs, et la Princesse a craint qu'il ne découvrît son secret. Cachons-les dans ce vase. (*Il met le selam dans un vase qui est au-dessous du balcon.*) Peut-être pendant la fête trouverai-je un moment favorable... (*Il fait un*

mouvement pour entrer dans le kiosque.) Le Calife s'avance;
reprenons le caractère qui lui plaît et redoublons de gaîté,
pour mieux dissimuler notre embarras. (*Il chante en s'accompagnant sur le même air qu'à la première scène.*)

Troisième Couplet.

Ah! si j'étais maître de ce séjour,
Du vrai bonheur prenant la route sûre,
Je bannirais Mahomet de ma cour,
Pour y fixer à jamais Épicure.

SCENE IX.

HAROUN, RAYMOND, Gardes du Calife.

(Haroun est entré vers le milieu du couplet. Ses gardes ont fait un
mouvement pour imposer silence à Raymond, mais le Calife leur
ordonne de le laisser finir. Il paraît s'amuser beaucoup de l'esprit
d'indépendance et de la gaîté de Raymond qui danse d'une manière bouffonne, sur la ritournelle, comme à la première scène.)

HAROUN.

Courage, Raymond; tu me parais en bonnes dispositions.

RAYMOND.

Celle où je suis toujours quand j'ai le bonheur de voir sa
Hautesse.

HAROUN.

Sais-tu qu'il faut que je t'aime beaucoup pour te permettre
d'énoncer hautement dans ma cour des opinions aussi con-
traires à nos mœurs ?

RAYMOND.

Si je n'avais d'autre preuve de la bienveillance dont vous
m'honorez, à coup sûr celle-là ne suffirait pas pour me
convaincre.

HAROUN.

Que veux-tu dire ?

RAYMOND, *feignant d'être fâché d'en avoir trop dit.*
Seigneur...

HAROUN.

Explique-toi.

RAYMOND.

Votre Hautesse se fâchera peut-être.

HAROUN.

Que m'importe ?

RAYMOND.

Diable ! il m'importe beaucoup. Je crains fort les cadeaux
de ces messieurs.

Les Ruines.   C

(Il montre les muets qui entourent le Calife, et indique en pantomime l'action d'un homme à qui l'on apporte le cordon.)

HAROUN.

Aimes-tu mieux les miens ?

RAYMOND.

Il n'y a pas de comparaison.

HAROUN.

Parle. Je veux connaître les motifs que tu me supposes
pour tolérer ta hardiesse.

RAYMOND.

Vous le voulez absolument ?

HAROUN.

Absolument.

RAYMOND.

Hé bien, il y en a deux.

HAROUN.

Le premier ?

RAYMOND.

C'est que, quelque puissant... quelque despote que soit
le commandeur des Croyans, la pensée est encore plus forte
que lui. Qu'étant indépendante de la volonté, on ne peut la
soumettre à aucun joug, ni la restreindre dans les limites
qu'il plairait au pouvoir de lui assigner, et qu'alors il est
plus sage de lui laisser un libre cours.

HAROUN.

Et le second ?

RAYMOND.

C'est que le grand, le sublime Calife Haroun-al-Raschid,
qui aime tout ce qui est extraordinaire, n'est pas fâché d'entendre quelquefois la vérité, ne fût-ce que pour la rareté du
fait.

HAROUN, *tirant de son doigt un riche anneau qu'il présente
à Raymond,*

Tiens.

RAYMOND.

Ah, mon dieu ! que deviendraient les courtisans si tous
les souverains imitaient votre exemple ?

HAROUN.

Ils deviendraient sincères.

RAYMOND.

Tout le monde y gagnerait.

HAROUN.

Voici ma sœur.

SCENE X.

ISOUF, HAROUN, ZAÏDA, RAYMOND, Esclaves
et Gardes *dans le fond.*
(Zaïda voilée vient se prosterner aux pieds du Calife, qui la relève.)

ZAÏDA.

Je supplie Sa Hautesse d'agréer les témoignages de mon
respect.

HAROUN.

Zaïda, ton époux a terminé glorieusement l'expédition
dont je l'avais chargé. Vainqueur des Arabes, il revient
déposer à tes pieds les dépouilles de nos ennemis. Son armée
victorieuse, campée depuis hier à la vue de Bagdad, doit
entrer dans la ville deux heures avant le coucher du soleil.

RAYMOND, *à part.*

Comment faire ?

ZAÏDA, *bas à Raymond.*

Quel embarras !

HAROUN.

D'ici nous la verrons traverser le Tygre et défiler sous les
murs du sérail. J'ai voulu, pour cette fois, te rendre témoin des honneurs éclatans que ma reconnaissance prodigue
à un héros que nous aimons tous deux, et qui m'a paru digne
d'être associé à mon sang.

RAYMOND, *à part.*

Il faut avant tout que le héros sorte de sa prison, et cela
n'est pas facile.

ZAÏDA.

Seigneur, si quelque considération pouvait ajouter encore à la haute estime que je ressens pour Barmécide, cer-
tes, je n'en connaîtrais pas de plus puissante que la gloire
dont ses derniers exploits viennent de couvrir votre nom et
vos armes. Mais je suis accoutumée dès long-tems à ne trouver que des motifs d'admiration dans la conduite de l'homme
illustre que vous m'avez donné pour époux.

HAROUN.

Sans doute, Raymond, la fête que je t'ai demandée sera
digne de son objet. L'inimitié que tu montres pour Giafar
aura cédé au désir de me plaire, en célébrant les victoires
et le triomphe du premier de mes sujets ?

RAYMOND.

Je puis affirmer à mon maître (*avec une intention bien marquée.*) que jamais mon zèle n'aura éclaté davantage. Il en recevra dans ce jour des preuves toutes particulières.

HAROUN.

Je n'en serai pas surpris.

ISOUF, *à part.*

J'entends, ceci me regarde. (*il adresse un coup d'œil de satisfaction à Raymond.*) Marchons à notre but. (*haut.*) Il est vrai que le premier Visir a justifié doublement dans cette circonstance le choix de Sa Hautesse, non seulement par sa valeur et ses succès, mais encore par l'audacieuse adresse avec laquelle il a rempli le secret message dont elle l'avait chargé pour l'Iman du temple de la Mecque.

ZAÏDA, *à part, avec trouble.*

Que dit-il ?

ISOUF, *fixant Zaïda.*

Personne que lui dans l'armée n'aurait eu peut-être la noble témérité de franchir seul à travers le désert infesté par les Arabes, un espace de deux cents milles.

HAROUN.

Quel est ce message dont tu parles ? je n'en ai pas connaissance.

RAYMOND, *à part.*

Le perfide !

ISOUF, *feignant le plus vif repentir.*

Commandeur des Croyans, pardonnez à mon indiscrétion; je le vois trop tard, ce voyage était un mystère pour tout autre que vous et votre ministre.

HAROUN.

Je le répète, il s'est fait sans mon ordre.

ISOUF.

Dans ce cas encore je n'en serais pas moins coupable d'avoir divulgué le secret d'un autre.

HAROUN.

Giafar ne peut, ne doit point en avoir pour moi. Connaît-on le motif de ce voyage clandestin ?

ISOUF, *feignant une fausse réserve.*

Non, seigneur. Mais je supplie Sa Hautesse d'oublier ce que je viens de dire, et qui n'est peut-être que le résultat d'un bruit mal fondé. (*à part.*) Zaïda ne se trahit point, m'aurait-on abusé ?

RAYMOND , *passant entre le Calife et Isouf.*
Au lieu d'écouter les rêves de ce vieux radoteur...

ISOUF, *avec humeur.*
Comment ?... (*Raymond lui prend la main.*)

HAROUN, *à Isouf.*
Ne vas-tu pas te fâcher ?... tu sais qu'il lui est permis de tout dire.

RAYMOND.
Hé ! oui ! radoteur... (*bas.*) C'est pour cacher notre intelligence.

ISOUF, *à part.*
Il a raison. (*bas à Raymond.*) C'est bien ! c'est bien !

RAYMOND.
Sa Hautesse devrait plutôt parcourir les jardins pour examiner les apprêts de ma fête. (*à part.*) Si je pouvais l'éloigner. (*haut.*) Ce cher Giafar !... il sera si content !

HAROUN, *indiquant que Raymond a le cerveau fêlé.*
Ah ! tu l'aimes donc à présent ?

RAYMOND, *s'oubliant.*
Si je l'aime !... *(avec réflexion.)* Moi ? un peu... cela commence à revenir. Cependant je voudrais qu'il fût loin d'ici.

ZAÏDA, *à part.*
Plût au ciel !

ISOUF, *à part.*
Je veux la pousser à bout. (*haut à Raymond.*) Il ne sera pas si content que tu le penses.

RAYMOND.
Il est certain que s'il aperçoit d'abord cette mine refrognée, si bien faite pour servir d'épouvantail aux femmes de Sa Hautesse, il n'aura pas lieu d'être fort satisfait.

HAROUN, *riant.*
Leurs querelles m'amusent.

ISOUF.
Il ne s'agit pas de moi, mais bien du visir Giafar. Ce qui vient de lui arriver doit troubler tant soit peu sa joie.

ZAÏDA, *s'oubliant.*
Qu'est-ce donc ?

HAROUN.
Que lui est-il arrivé ?

RAYMOND.
Encore quelque vision. Venez, Seigneur.

ISOUF, *observant Zaïda.*
Vision ?... oui !... Un jeune enfant qu'il ramenait avec

(22)

lui et auquel il donnait tous les soins du père le plus tendre,
a disparu depuis quelques jours sans que l'on sache ce qu'il
est devenu.

ZAÏDA, *se trahissant.*

O ciel !

RAYMOND, *bas à Zaïda.*

Contenez-vous.

ISOUF, *qui a remarqué le mouvement de Zaïda.*

(*Bas.*) Ah ! plus de doute !

(Dans ce moment Giafar tourne les lames de la jalousie derrière laquelle il est caché. Raymond placé à droite fait remarquer ce mouvement à Zaïda, qui y lit ces mots que le Visir a tracés : *IL EST
EN SURETÉ.*)

HAROUN, *à Isouf.*

Quel était cet enfant ?

ISOUF, *bas au Calife.*

Observez le trouble de la Princesse.

(Haroun regarde sa sœur ; mais elle s'est remise promptement et il
ne remarque pas la moindre altération sur son visage.)

HAROUN.

Que me dis-tu donc ?

ISOUF, *méchamment.*

(*Bas.*) Vous allez voir. (*haut.*) Oui, Princesse, on assure
qu'il a péri.

ZAÏDA, *riant.*

Ah ! ah ! ah ! l'original ! Je voudrais bien savoir quel intérêt cet événement supposé ou véritable peut inspirer à mon
frère ou à moi ?

ISOUF, *déconcerté.*

A vous ?... Mais un intérêt très-naturel, je pense.

ZAÏDA.

Vraiment, Seigneur, nous nous amusons parfois de la
folie de Raymond ; mais celle de ce pauvre Isouf me paraît
beaucoup plus plaisante.

ISOUF, *à part.*

Oh ! la rusée !

RAYMOND, *passant auprès d'Isouf.*

Ainsi te voilà fou. Allons, touche-là, camarade. (*se retournant vers Haroun.*) Ecoutez donc, Seigneur, il ne serait pas étonnant qu'il eût perdu la raison. Quand une seule
femme fait quelquefois tourner la tête à l'homme le plus
sage, comment voulez-vous que ce malheureux y résiste,
lui que vous avez chargé d'en gouverner deux cents ? C'est
impossible.

ISOUF, *à part.*

J'enrage !

HAROUN, *à Zaïde.*

J'aime assez sa réflexion.

ZAÏDA.

Elle est digne d'un Français.

RAYMOND, *à part.*

Comment le faire partir ? (*Haut.*) Si Sa Hautesse veut ordonner à mon confrère le fou d'aller chercher son joli troupeau, je vais la conduire ainsi que la Princesse dans le bois d'orangers où l'on prépare...

HAROUN.

Non. C'est d'ici que je veux voir la fête. Nous serons commodément placés dans ce kiosque.

RAYMOND, *à part.*

O ciel !

ZAÏDA, *à part.*

Il me fait trembler !

ISOUF.

Sa Hautesse a raison ; d'ici l'on découvre le fleuve. Je vais tout disposer... (*il s'avance vers le kiosque.*)

RAYMOND, *arrêtant Isouf.*

Permettez, seigneur Isouf : ceci n'est pas de votre ressort. Chacun son emploi.

HAROUN.

C'est juste.

ZAÏDA.

Et tu t'acquittes trop bien de celui qui t'est confié...

RAYMOND.

Je ne fais pas encore tout ce que je voudrais ; mais cela viendra peut-être. Avec de la persévérance, du courage et un peu d'adresse, on vient à bout de tout. N'est-il pas vrai, seigneur Isouf ?

(Il reconduit Isouf à sa place en lui faisant des signes d'intelligence.)

ISOUF, *bas à Raymond.*

Oui, oui.

RAYMOND, *à part, comme frappé d'une idée subite.*

Il est sauvé. (*Haut, au Calife.*) J'y songe. Seigneur, ne vous semble-t-il pas convenable d'envoyer au-devant du Visir des personnes de votre maison chargées de le recevoir à l'entrée du sérail, et de le complimenter ?

HAROUN.

C'est à toi d'ordonner tout ce qui tient au cérémonial.

RAYMOND.

Je sais ce que je dois au Commandeur des Croyans, et quand même ses idées ne seraient pas tout-à-fait d'accord avec mon plan, je consentirais volontiers...

HAROUN, *souriant.*

Je te suis obligé de cette déférence ; mais tu es libre d'agir comme bon te semblera.

RAYMOND, *aux muets qui sont dans le fond et vêtus comme Giafar.*

Approchez, vous autres.

HAROUN.

Quoi ! ce sont des muets que tu vas envoyer au-devant de Giafar, pour le complimenter ?

ISOUF.

Cela n'a pas le sens commun... Il est fou !

ZAÏDA, *à part.*

L'idée est tout-à-fait bouffonne. (*A Haroun.*) Laissez-le faire.

RAYMOND.

Oui. Mais c'est moi qui porterai la parole.

HAROUN.

A la bonne heure. Cette attention de ta part aura lieu de le surprendre.

RAYMOND.

Il en verra bien d'autres. (*Aux Muets.*) Mettez-vous sur deux rangs. (*il les fait placer en bataille de manière à masquer le kiosque.*) A' la Française. Attention ; alignement, serrez-vous bien près... Encore... là... Garde à vous ! en avant ! (*Giafar ouvre vivement la porte du kiosque, et se place derrière le rang.*) Y êtes-vous ? bon ! par le flanc gauche... marche. (*Il se met à la tête du peloton qui passe devant le Calife et Zaïda.*) Un quart de conversion... Gagnez la porte... Doublez le pas... Voilà ce que c'est. (*Par le mouvement qu'il a fait faire aux muets, Giafar se trouve en tête, et on le voit s'éloigner le premier avec précipitation. Les muets sortent au pas redoublé.*)

ZAÏDA, *avec l'expression de la reconnaissance.*

C'est très-bien.

RAYMOND.

Du moins je ne puis faire mieux. (*il sort en dansant.*)

SCENE XI.

ISOUF, HAROUN, ZAIDA.

ZAÏDA.

Ce Français est charmant !

HAROUN.

Je sais un gré infini à Barmécide de nous en avoir fait le sacrifice ; il nous a procuré bien des momens agréables.

ISOUF, *à part.*

Il ne joue pas mal son rôle. (*haut en affectant de l'humeur.*) Il est aisé de plaire quand on peut tout se permettre impunément.

ZAÏDA, *bas à Haroun.*

Isouf ne l'aime pas.

HAROUN.

C'est tout simple ; leur emploi est si différent ! L'un nous divertit, tandis que le seul aspect de l'autre doit inspirer la contrainte et l'effroi.

ISOUF, *à part.*

Patience ! bientôt toutes les louanges seront pour moi seul. (*Il aperçoit le selam que Raymond a mis dans le vase.*) Que vois-je ? un selam ! (*il le prend et l'examine en cachette.*) Quelle importante découverte !

HAROUN.

Oui, Zaïda, va chercher tes compagnes et te parer de mes dons les plus précieux. Le triomphe de mon favori, de l'époux de ma sœur, ne saurait être célébré d'une manière trop pompeuse. Je veux que cette solennité soit embellie par tout ce que le luxe de l'Orient peut éclater de magnificence et de richesses. Je veux enfin que la cour d'Haroun présente un aspect digne du héros qu'elle attend. Tu viendras me rejoindre en ce lieu.

ZAÏDA.

J'obéis, seigneur. (*A part.*) O mon cher Giafar, je vais donc te voir sans trembler pour tes jours !

HAROUN.

Isouf, accompagne la Princesse.

ISOUF, *bas.*

Je supplie Sa Hautesse de m'accorder un moment d'entretien.

(*Zaïda retourne au sérail, suivie des Eunuques qui étaient restés au fond.*)

SCENE XII.

ISOUF, HAROUN.

ISOUF.

Plus vous répandez de bienfaits sur vos sujets, quand ils
s'en rendent dignes par leurs services, plus vous êtes en
droit d'en attendre une aveugle soumission et une fidélité à
toute épreuve.

HAROUN.

Du moins je devrais l'espérer. Mais le plus souvent mes
faveurs n'ont produit que des ingrats.

ISOUF.

Hélas! il n'est que trop vrai; je viens d'en acquérir une
triste preuve.

HAROUN.

Tu portes si loin la défiance et le soupçon!

ISOUF.

Plût au ciel que je n'eusse que des soupçons!

HAROUN.

Serais-je trahi?

ISOUF.

Par ce que vous avez de plus cher au monde.

HAROUN.

Almaïde?

ISOUF.

Elle en est incapable.

HAROUN.

Et qui donc?... Serait-ce ma sœur?... Barmécide?

ISOUF.

Tous deux.

HAROUN, dont la colère augmente par dégrés.

Tous deux?

ISOUF.

Oui. Giafar a violé son serment.

HAROUN.

Malheur à lui!... Sa mort sera le prix du parjure.

ISOUF, à part, avec joie.

Ah!

HAROUN.

Mais malheur à toi, serviteur trop zélé, si tu ne peux
justifier cette accusation. Songe qu'il me faut des preuves
irrécusables.... avant une heure, ou je fais tomber ta tête.
(*à part.*) Ah! puisse-t-il ne me les offrir jamais.

ISOUF, *lui présentant le selam.*

Je n'attendrai pas si long-tems. En voilà une.

HAROUN.

Quoi!... ces fleurs?

ISOUF.

C'est un selam. Voyez.

HAROUN, *avec beaucoup d'émotion.*

En effet, ce mélange de fleurs et de fruits, la soie qui les attache... Où l'as-tu trouvé?

ISOUF.

Dans ce vase.

HAROUN.

Sous la croisée de Zaïda!... Qui l'y a placé?

ISOUF, *avec malice.*

Sans doute Giafar.

HAROUN.

Comment supposer que ce ministre, occupé dans son camp...

ISOUF.

En effet, cela paraît difficile. Alors, ce ne peut être que Raymond, ce Français auquel vous avez accordé tant de confiance, et qui, selon toutes les probabilités, vous trompe pour servir son ancien maître.

HAROUN.

Cruel! quand donc cesseras-tu de me placer dans l'affreuse alternative de ne voir jamais autour de moi que des ennemis ou des traîtres?...Ah! maudit soit le zèle fatal qui t'anime, puisqu'il ne sert qu'à troubler la paix de mon âme.

ISOUF.

J'en conviens, seigneur; ce coup doit vous paraître terrible. Mais il était de mon devoir...

HAROUN.

Ton devoir serait aussi de m'indiquer ceux auxquels je dois des récompenses; mais tu n'es officieux que quand il faut punir.

ISOUF.

Je n'oublirai pas désormais que je dois mettre des bornes à ma vigilance et à ma fidélité.

HAROUN.

Loin de moi ce funeste témoin. (*il jette le selam; Isouf le ramasse.*) Téméraire!

ISOUF.

Je supplie Sa Hautesse de se rappeler qu'elle a exigé,

sous peine de mort, que je justifiasse par des preuves, de
l'avis que je lui ai donné. Or, elle n'ignore pas que le sens
mystérieux des objets rassemblés ici, dépend seul de leur
arrangement. Il est donc de mon intérêt que le selam demeure intact.

HAROUN.

Qui me prouvera qu'il dépose contre Barmécide ?

ISOUF.

Son contenu. Veuillez le lire vous-même.

HAROUN.

Il veut absolument me forcer à punir. (*il prend le selam.*)

ISOUF, *à part, avec joie.*

J'ai réussi !

HAROUN, *examine chacun des objets qui composent le selam
et l'explique à haute voix.*

« Soleil de ma vie, trésor incomparable de lumière et de
» beauté, si la cruelle contrainte que l'on nous impose ne
» me permet pas de laisser éclater à notre première entre-
» vue les feux dont mon ame est embrasée, et qui trahi-
» raient notre intelligence, apprends que l'absence n'a fait
» qu'augmenter encore l'ardent amour que j'ai puisé dans
» ta possession. » C'en est assez. Les perfides !... Au mépris
d'un serment solennel !... Tout s'explique maintenant ; ce
voyage à la Mecque ; celui de Zaïda, couvert du manteau
de la religion. Cet enfant que Barmécide a ramené, dis-tu ?
(*avec une fureur concentrée.*) Isouf, ma vengeance sera terrible.

ISOUF.

Modérez-vous, Seigneur. Ah ! combien je me repens...

HAROUN.

Mais tu le conçois, il ne faut pas qu'il me reste l'ombre
d'un doute.

ISOUF.

Malheureusement il sera facile de les dissiper tous en
épiant les démarches de Giafar et de Zaïda.

HAROUN.

Je te charge de ce soin.

ISOUF.

Confiez à un autre cette tâche douloureuse.

HAROUN.

Elle t'appartient puisque tu as provoqué l'ordre. Demain,
avant le coucher du soleil, les coupables ou toi auront cessé
de vivre, je le jure par Mahomet.

ISOUF, *à part.*

Je n'ai pas de tems à perdre. (*haut.*) Sa Hautesse sera obéie.

HAROUN.

Zaïda revient. J'ai peine à contenir mon ressentiment.

ISOUF.

Dissimulez, Seigneur.

HAROUN.

Tu as raison. Il faut qu'ils se croient dans une sécurité parfaite.

ISOUF, *à part.*

Ma fortune est assurée. J'emploierai Raymond jusqu'après le succès ; puis je l'enverrai rejoindre Barmécide.

HAROUN.

Grand Prophète ! détourne d'Haroun le coup terrible qui le menace, ne permets pas qu'il soit frappé dans les objets les plus chers à son cœur.

ISOUF.

Esclaves !... enlevez ces persiennes.

SCENE XIII.

ISOUF, RAYMOND, HAROUN.

RAYMOND, *accourant.*

Quel diable, Seigneur Isouf, mêlez-vous donc de ce qui vous regarde. C'est à moi seul...

ISOUF, *bas à Raymond.*

J'ai tout dit au Calife. Si tu le veux, Giafar est perdu.

RAYMOND, *bas à Isouf.*

Si je le veux !... le ciel sait...

ISOUF, *de même.*

Il faut que l'un de nous deux périsse.

RAYMOND, *avec une double intention bien prononcée.*

Votre affaire est faite.

SCENE XIV.

ISOUF, RAYMOND, ZAIDA, HAROUN, Odalisques.

ZAÏDA, *richement parée, s'avance à la tête des Odalisques, couvertes de leurs voiles.*

Seigneur, entendez-vous le bruit des cymbales et des clairons ? l'air retentit de chants harmonieux et de cris d'allégresse. De tous côtés on accourt; on se précipite au-devant

(30)

du vainqueur des Arabes, de mon cher Giafar !... Commandeur des Croyans, pardonnez aux transports de Zaïda, ils
ne sauraient avoir une cause plus légitime et plus belle.

HAROUN, avec contrainte.

Aussi loin de les blâmer, je les approuve, et vous engage
à leur laisser un libre cours. (A part.) Pourquoi faut-il
qu'on ait empoisonné la joie d'un si beau jour? (A Isouf.)
Je ne vois point Almaïde.

ISOUF.

Elle m'a chargé de témoigner à sa Hautesse combien elle
regrette de ne pouvoir prendre part à la fête. (A part.) As-
sister au triomphe de son plus cruel ennemi !

RAYMOND.

Le cortège s'approche. (Bas à Zaïda.) On a les yeux sur
vous... contenez votre joie. (haut.) Je supplie le Commandeur des Croyans de prendre la place qui lui est destinée.

HAROUN.

Où est-elle ?

RAYMOND, se tournant vers les esclaves.

Ouvrez ces persiennes, pour que Sa Hautesse jouisse du
coup-d'œil.

(On ouvre les persiennes qui garnissent la grille du fond. Au
signe de Raymond, les esclaves ôtent les parties du kiosque
qui sont entre les colonnes, de manière à le mettre entièrement
à jour, et à présenter une estrade surmontée d'un dôme élégant
et entourée d'une riche balustrade, garnie de fleurs et de cas-o-
lettes, où brûlent des parfums délicieux.)

ZAÏDA.

C'est charmant !

HAROUN.

Où donc puises-tu ces nouvelles surprises ?

RAYMOND.

Dans le désir de vous plaire, et sur-tout dans votre approbation.

(Haroun se place sur l'estrade ; plus bas, à sa droite, est Zaïda :
ils sont entourés des Odalisques. Isouf et Raymond sont à gauche
du théâtre.)

SCENE XV.

Les Précédens, GIAFAR, Soldats, Eunuques, Muets.

(Au son d'une musique bruyante et guerrière, on voit l'armée traverser le pont couvert dans une direction oblique. Elle disparaît
un moment ; puis elle défile derrière la grille du sérail. Giafar,

environné des nombreux trophées de sa victoire, est porté sur un magnifique palanquin. Le peuple le précède et le suit en dansant et en lui jetant des fleurs. L'armée se place sur des gradins disposés en-dehors de la grille, de manière à présenter trois rangs l'un au-dessus de l'autre. Raymond, suivi des odalisques, va au-devant de Giafar, qui entre à pied, précédé seulement des Eunuques et des muets. Haroun et Zaïda se lèvent et font quelques pas vers lui. Giafar vient mettre un genou en terre devant son maître.)

HAROUN.

L'hommage que tu me rends est dû à ma naissance ; en voici un plus flatteur et justement mérité, que je rends à l'héroïsme.

(Il lui pose sur la tête une couronne d'or, façonnée en feuilles de laurier. Le peuple et l'armée applaudissent avec des transports inexprimables.)

ZAÏDA, *avec beaucoup d'émotion.*

Barmécide, le magnifique Haroun vient de couronner en toi la valeur et les talens militaires : mais l'admiration et *(d'une voix timide.)* l'amour, veulent aussi présenter un juste tribut à celui dont les exploits donnent la paix à cet empire. Reçois cette couronne d'olivier, formée par les mains de Zaïda.

GIAFAR, *recevant la couronne, et se précipitant sur la main de Zaïda qu'il baise avec transport. Ce mouvement déplaît visiblement au Calife.*

Ah ! que ce triomphe est doux !... Comment ne pas aimer la gloire, lorsqu'une aussi flatteuse récompense doit en être le prix ?

(Haroun, avec une impatience marquée, sépare Giafar et Zaïda, qu'il fait placer à côté de son trône.)

RAYMOND, *à part.*

Quelle affreuse contrainte pour deux tendres époux, après une aussi longue séparation !

HAROUN.

Raymond, c'est à toi maintenant.

(Au signal de Raymond on exécute une fête des plus brillantes, dans laquelle se trouve réuni tout ce que le goût et la volupté ont de plus séduisant et de plus enchanteur. Isouf, accroupi entre les deux époux, surveillés d'ailleurs par Haroun, les empêche de s'adresser un mot.)

Giafar, après de pénibles travaux, quelques instans de tranquillité doivent t'être nécessaires. Retourne à ton palais ; je te permets d'y demeurer pendant trois jours et te dispense

jusques-là de tout service et même des devoirs que tu remplis près de moi.

GIAFAR.

O mon maître ! cette attention touchante...

HAROUN, *à Isouf.*

Je prendrai demain le plaisir de la chasse ; que tout soit
prêt au point du jour.

GIAFAR, *à part.*

Qu'il sert bien mes projets !

HAROUN, *bas à Isouf.*

Ils se croiront libres , et je les surprendrai facilement.

ISOUF, *bas à Haroun.*

Le piége est adroit.

GIAFAR, *bas à Zaïda, dont il s'est approché furtivement.*

Demain tu verras ton fils au pavillon de la forêt. (*Il s'é-
loigne.*)

ZAÏDA, *à part.*

Bonheur inespéré !

HAROUN.

Séparons-nous. (*Giafar veut prendre congé de la Princesse.*) Rentrez , Zaïda. (*Zaïda passe du côté du sérail avec
toutes les femmes. Giafar ne peut que la saluer de loin.*)
Barmécide , nous nous reverrons bientôt.... (*Avec beaucoup
d'émotion.*) J'espère et je désire te trouver toujours digne de
la faveur de ton maître.

(Giafar se prosterne et va rejoindre l'armée qui s'est mise en marche, et qui le reconduit en triomphe.)

(*Tableau brillant et animé*)

(*La toile tombe.*)

Fin du premier Acte.

ACTE II.

Le théâtre représente un joli pavillon circulaire ou octogone, dans une forêt agréable. On voit les arbres de chaque côté du pavillon, ainsi qu'à travers les portes et les croisées. Ces dernières sont garnies de stores en treillis peints. Cette construction doit être élégante et surtout très légère. Elle occupe toute la largeur du théâtre.

SCENE PREMIERE.
NAIR.

(Une dalle de marbre se lève dans le milieu du théâtre. On voit sortir par cette ouverture un jeune enfant qui parcourt le pavillon, en examinant avec curiosité tout ce qu'il renferme. Il s'arrête devant plusieurs touffes de rosiers, de jasmins et autres arbustes, et y cueille des fleurs qu'il jette successivement pour en choisir d'autres qui lui semblent plus jolies ou plus odorantes. Il va de tems en tems au bord de la trappe, et indique par sa pantomime que son gardien est endormi, et qu'il a profité de son sommeil pour s'échapper.)

SCENE II.
AGIB, NAIR.

(Un vieil Arabe paraît à l'entrée du souterrain et suit les mouvemens de Naïr, dont l'absence l'avait inquiété. Il jouit de la joie que l'enfant manifeste en se voyant libre. Celui-ci, après avoir parcouru le pavillon, témoigne bientôt l'envie d'en sortir pour visiter les environs. Mais Agib le rattrape sur le seuil de la porte, le gronde de s'être éloigné et veut le ramener. Naïr rit de ses remontrances, de ses craintes, et annonce qu'il veut absolument se promener. Enfin l'Arabe ne pouvant le déterminer à obéir, l'enlève et l'emporte dans le souterrain, malgré la vive résistance qu'il lui oppose.)

SCENE III.
GIAFAR, AGIB, NAIR.
GIAFAR.

Naïr!

NAÏR, *se débattant dès qu'il voit Giafar.*

Laisse-moi ! laisse-moi ! Voici Giafar.

Les Ruines.   E

(Agib se retourne et reconnaît Barmécide. L'enfant s'échappe, et court embrasser son père. L'Arabe se plaint de sa désobéissance, et raconte à Giafar sa petite escapade tandis que Naïr se mocque de lui et le nargue finement.)

GIAFAR, *à Naïr* (1).

Agib est fâché. Tu es donc méchant ?

NAÏR.

C'est lui qui est méchant. Il ne veut pas que je me promène.

GIAFAR.

Il a raison ; je le lui ai défendu.

NAÏR.

Pourquoi le lui as-tu défendu ? tu es donc méchant aussi, toi ?

GIAFAR.

Non, c'est parce que je t'aime.

NAÏR.

Si tu m'aimes, pourquoi veux-tu me contrarier ? Je m'ennuie là-dedans ; je veux me promener.

GIAFAR.

Cela ne se peut pas , mon fils. En allant dans la forêt , tu pourrais rencontrer des soldats qui te tueraient.

NAÏR, *avec une vivacité naïve.*

Je ne veux plus que tu y ailles ; reste avec nous.

(Giafar, enchanté de cette réponse, embrasse tendrement son fils Agib ; qui veillait dans le fond, accourt et indique qu'il a entendu le bruit d'une personne qui s'approche. Giafar lui remet l'enfant et lui ordonne de rentrer pendant qu'il va à la découverte. L'Arabe descend avec Naïr dans le souterrain et abaisse la dalle.)

SCENE IV.
GIAFAR, RAYMOND.

RAYMOND.

Où est votre fils ?

GIAFAR.

Dans sa retraite.

RAYMOND.

Est-elle impénétrable ?

GIAFAR.

A tous les yeux.

RAYMOND.

Puissiez-vous dire vrai !

GIAFAR.

D'où naît ce trouble ? Viens-tu m'annoncer quelque malheur ?

---

(1) NAÏR, GIAFAR, AGIB.

RAYMOND.

Non. Mais je crains tont des ruses de votre ennemie. Je
ne sais quel secret pressentiment me dit que le départ d'Haroun n'est qu'une feinte pour mieux connaître vos démarches. Redoublez de prudence, Seigneur, ou vous êtes perdu.
N'oubliez pas que la haine d'une femme ne sommeille jamais.

GIAFAR.

Qui peut t'allarmer de la sorte ?

RAYMOND.

Isouf, vous le savez, devait accompagner le Calife à la
chasse.

GIAFAR.

Eh bien ?

RAYMOND.

Il est resté à Bagdad. En venant ici je l'ai aperçu qui sor-
tait furtivement du vieux sérail, par la petite porte. Il se
dirigeait de ce côté. J'ai feint de ne le pas voir ; mais aussi-
tôt qu'il m'a reconnu, il s'est caché dans un champ de maïs.
J'ai poursuivi mon chemin jusqu'à l'entrée de la forêt. Là,
je me suis arrêté pour observer à mon tour l'ennemi qui a
doublé sa marche afin de me rejoindre. Tremblant qu'il ne
vous surprît, je me suis élancé à travers les sentiers les
moins fréquentés, et je me félicite d'être arrivé à tems pour
vous prévenir des nouveaux périls qui vous environnent.

GIAFAR, *conduisant Raymond à l'entrée du pavillon.*

Demeure et observe. (*Il revient frapper deux coups sur
la dalle, avec son poignard.*) Ouvrez, c'est Giafar.
(Le vieil Arabe paraît : Giafar lui parle bas et lui recommande de
n'ouvrir désormais que quand il entendra à-la-fois chanter et
jouer du luth, puis il referme le souterrain.)

RAYMOND.

Quoi ! c'est ici même que votre fils ?...

GIAFAR.

Pardonne, cher Raymond ; ce secret connu seulement de
Zaïda, devait en être un pour tout le monde, même pour
toi ; mais le danger qui menace ce cher enfant, me fait une
loi impérieuse de ne plus rien te cacher. Je te demande,
au nom de sa mère, de le protéger, de le défendre. Je te
confie le fruit de l'union la plus tendre et la plus malheureuse. Ce n'est pas pour moi que je t'implore ; tu le sais,
je ne m'appartiens plus ; ma vie se partage entre mon fils

et mon épouse; conserve donc une moitié de moi-même pour le bonheur de l'autre.

RAYMOND.

O mon maître ! que n'ai-je le pouvoir ou la force d'anéantir vos ennemis, vous n'auriez bientôt plus de vœux à former. Mais êtes-vous bien assuré du moins que cette retraite...

GIAFAR.

Je conçois ton inquiétude et je vais la dissiper. Tu n'ignores pas qu'il existe encore, dans ce pays, quelques descendans des Chaldéens. Ces adorateurs du feu ont scrupuleusement conservé la religion de Zoroastre ; mais n'osant se livrer publiquement à ce culte, à cause des persécutions que leur font éprouver les Mahometans, ils habitent les vastes souterrains que couvrent les Ruines de Babylone. Surpris, il y a trois ans, par un violent orage, je vins chercher un abri dans ce bois. Tout-à-coup, au milieu des débris d'un temple, j'aperçois un vieillard à genoux ; sa tête et ses mains élevées vers le ciel, son extase à la vue des éclairs et de la foudre qui sillonnaient la nue et semblaient embraser la forêt, m'annoncent qu'il se croit en présence de son Dieu. Je m'avance ; mais il s'enfuit à mon aspect. Plus agile que lui, je parviens à l'atteindre à l'entrée de sa demeure ; il se jette à mes pieds, en me demandant la vie. Je le rassure et dissipe bientôt l'effroi que mon habit lui avait inspiré. En parcourant sa retraite, qui me semble vaste et commode, je remarque cette issue secrète, et je conçois à-la-fois le désir et la possibilité d'y soustraire mon fils à tous les regards, pour le montrer seulement à ceux de sa mère. Prévenue de mon dessein, Zaïda paraît remarquer ce site ; elle dirige souvent sa promenade vers ce lieu et semble jouir avec délices de la vue qu'on y découvre et de l'air qu'on y respire. Alors je suggère au Calife l'idée d'une surprise agréable pour sa sœur. Je lui conseille de faire construire secrètement, à cette place, un joli pavillon où la Princesse pourra se reposer et se livrer aux arts qu'elle cultive. Mon projet lui plaît, il me charge de l'exécuter ; et grace à cette heureuse inspiration, je vois s'élever par l'ordre même de notre tyran, du farouche ennemi de mon fils, l'asile inviolable où la tendre Zaïda pourra se livrer sans crainte aux doux épanchemens de l'amour maternel.

RAYMOND.

Combien le cœur d'un père est ingénieux!

GIAFAR.

Le vieillard, qui m'est dévoué par un double intérêt, a disposé pendant mon absence une partie du pavé, de manière que de l'intérieur on la soulève sans le moindre effort. C'est ici que Zaïda va se rendre ; mais d'après les craintes que tu m'as fait concevoir...

SCÈNE V.

ISOUF, RAYMOND, GIAFAR.

ISOUF, paraissant dans le fond et sans être vu.

Écoutons. (*il se cache derrière un store, près de l'entrée.*)

GIAFAR.

Je viens de défendre à mon fils...

ISOUF, à part.

Son fils !

GIAFAR.

Et à son gardien d'obéir à aucun signal.

RAYMOND.

C'est agir prudemment.

GIAFAR.

Ils ne paraîtront que lorsqu'ils auront entendu les sons d'un luth, mariés aux accens de la voix. Ainsi ce sera la Princesse ou toi qui donnerez le signal.

RAYMOND.

Par ce moyen ils sont à l'abri de toute surprise.

ISOUF, à part.

Allons chercher le Calife.

(Il s'éloigne en témoignant combien il est satisfait de ce qu'il vient d'entendre et du parti qu'il compte en tirer pour la perte de Giafar.)

SCÈNE VI.

RAYMOND, GIAFAR.

GIAFAR.

Je vais donc voir ma chère Zaïda sans contrainte, sans témoins !

RAYMOND.

Pour déjouer plus sûrement la perfide surveillance d'Isouf,

je crois que vous feriez sagement de retourner à votre palais pour y prendre ce déguisement qui vous a été si utile hier au soir. Vous attendrez auprès du sérail la sortie de Zaïda, et, vous mêlant à sa suite, il vous sera facile de vous faire remarquer de la Princesse.

GIAFAR.

J'approuve cet avis.

RAYMOND.

Hâtez-vous; mais prenez un chemin détourné pour ne pas rencontrer ce méchant Eunuque. Votre présence en ces lieux, lorsque le Calife ne vous a dispensé de le suivre que pour vous accorder du repos, ferait naître des soupçons que vous devez écarter avec un soin extrême.

GIAFAR.

Quant à toi, dont les démarches sont moins observées, tu te tiendras à quelque distance du pavillon pour nous aider de tes conseils ou de ton adresse, s'il est nécessaire.

RAYMOND.

Je veillerai sur vous; mais ne perdez pas un moment.

GIAFAR.

Ami fidèle !... quelle sera ta récompense ?

RAYMOND.

L'aspect de votre bonheur et la certitude d'y avoir contribué. (*Giafar sort par la gauche.*)

SCENE VII.
RAYMOND.

Maudit soit le despote cruel dont le caprice inhumain, en bouleversant les lois éternelles de la raison et de la nature, ravit à cet infortuné tout le charme attaché aux titres sacrés d'époux et de père, et le livre, au sein de l'union la plus légitime, à toutes les craintes et pour ainsi dire aux remords qui suivent et accompagnent le crime ou la séduction. Je crains tout de l'inflexible orgueil d'Haroun s'il apprenait qu'on a osé enfreindre ses ordres. Qui peut prévoir où s'arrêterait sa vengeance?...Tenons-nous sur nos gardes; redoublons de ruse et d'activité; n'oublions pas que les méchans ne sont point découragés par les revers : ils trouvent sans cesse, dans l'envie de nuire, le courage et la fermeté nécessaires pour former de nouveaux projets. Il est donc juste que ceux qui sont forcés d'obéir soient plus ingénieux que celui qui commande. (*il sort du pavillon, et se trouve nez-à-nez avec Isouf.*)

SCENE VIII.
ISOUF, RAYMOND.

ISOUF.

Alte-là !

RAYMOND, à part.

Le coquin m'a surpris.

ISOUF, avec finesse.

Où vas-tu donc si vîte ?

RAYMOND, à part.

Donnons-lui le change. (*haut.*) J'allais vous trouver, Seigneur.

ISOUF, à part.

Je n'en crois rien. (*haut.*) Tu n'ignorais pas cependant que nous sommes partis ce matin pour la chasse.

RAYMOND, finement et avec gaîté.

Bah !

ISOUF.

Comment, bah ?

RAYMOND, de même.

Laissez donc !

ISOUF, prêt à se fâcher.

Eh bien ?

RAYMOND.

Ce matin !... vous ?... ah ! ah ! (*il rit aux éclats.*)

ISOUF.

Finiras-tu ?

RAYMOND.

C'est-à-dire que vous avez feint de partir pour laisser à Giafar et à la Princesse une entière liberté, à la faveur de laquelle nous pourrons découvrir plus sûrement leur intelligence. N'est-ce pas cela ?

ISOUF, riant.

C'est vrai.

RAYMOND.

Si la nature vous a doué d'une rare sagacité, croyez donc, seigneur Isouf, qu'elle n'a pas été moins libérale à mon égard. Sans cela nous entendrions-nous aussi bien ?

ISOUF.

Tu as raison. (*à part.*) Je crois qu'il me trompe.

RAYMOND, à part.

Sachons s'il est instruit. (*haut.*) Et cependant quel progrès avez-vous fait ? qu'avez-vous appris ?

ISOUF.

Mais... peu de chose.

RAYMOND.

Oui ; comme à l'ordinaire... des conjectures ?

ISOUF, *s'oubliant.*

Mieux que cela.

RAYMOND, *à part.*

Il nous a vus. Livrons la moitié de notre secret, pour mieux assurer l'autre. (*haut, avec mystère.*) Et moi je sais tout.

ISOUF.

Ah ! cher Raymond, que d'obligations ! hâte-toi de m'apprendre...

RAYMOND.

Ce n'est pas sans dessein que l'on a construit ce pavillon.

ISOUF, *avec une apparente bonhommie.*

Certainement. Ce site romantique, la vue pittoresque de cette vaste plaine, qui s'étend depuis le Tygre jusqu'à l'Euphrate, ces superbes débris de l'orgueilleuse Babylone...

RAYMOND.

Vous n'y êtes pas. Il ne s'agit ici ni de l'Euphrate, ni de l'orgueilleuse Babylone.

ISOUF.

Et de quoi donc ? Je ne devine pas...

RAYMOND.

Vous ne savez pas non plus dans quelle intention la Princesse vient se promener ici presque tous les jours ?

ISOUF.

Pour s'occuper de musique, de lecture, de poésie et autres futilités auxquelles elle attache, ainsi que son frère, une importance vraiment ridicule.

RAYMOND.

Vous n'y êtes pas.

ISOUF.

Comment ?

RAYMOND.

J'en conviens, c'est là le prétexte.

ISOUF.

Le prétexte ?

RAYMOND.

Elle n'y vient que pour voir en secret son époux.

ISOUF.

Il est absent depuis près d'un an.

RAYMOND.

Il eût été mal-adroit d'en perdre l'habitude.

ISOUF.

Zaïda ne sort jamais qu'accompagnée d'une suite nombreuse.

RAYMOND.

Fort bien ! pour venir du sérail et traverser la forêt. Mais une fois arrivée ..

ISOUF, *feignant une grande surprise.*

Tu m'ouvres les yeux. En effet, ce désir affecté d'être toujours seule ; cet ordre aux gens de sa suite de se tenir à cent pas du kiosque...

RAYMOND.

Pour n'être pas interrompue.

ISOUF, *avec beaucoup de finesse.*

Mais comment Barmécide peut-il pénétrer jusqu'ici, sans être reconnu ? Cette même garde, qui entoure le pavillon, est un obstacle...

RAYMOND.

Voilà...

ISOUF, *à part.*

Voyons s'il est sincère.

RAYMOND, *à part.*

Ce que tu ne sauras pas. (*haut.*) Ce que je devinerai avant peu.

ISOUF.

Avant peu ! Songe donc que ce soir Haroun me fera trancher la tête.

RAYMOND.

C'est à merveille.

ISOUF.

Comment !

RAYMOND.

Ne craignez rien. (*confidemment.*) J'ai surpris Giafar.

ISOUF.

Tu l'as surpris ?

RAYMOND.

Il était ici lorsque je suis arrivé.

ISOUF.

En vérité ? Mais toi, quel a été ton but en y venant ?

RAYMOND.

De m'instruire de tout ce que j'ignorais, et, grace au ciel, je n'ai plus rien à apprendre.

Les Ruines.

ISOUF, *à part.*

Ni moi non plus.

RAYMOND.

Je l'avoue, seigneur Isouf, vous avez fait ma conquête. Avant notre conversation d'hier je vous aimais peu ; mais vos manières engageantes, votre ton persuasif, m'ont séduit.

ISOUF.

Fripon ! Et plus que tout cela, les vingt mille séquins.

RAYMOND.

Ecoutez donc ; c'est bien naturel. Enfin, je me sens pour vous une affection si extraordinaire, que je voudrais connaître vos plus secrètes pensées, ne pas vous quitter un instant, vous suivre par-tout, vous voir... (*A part.*) A tous les diables !

ISOUF.

Je te remercie.

RAYMOND.

Vraiment, vous n'imaginez pas tout ce que je ressens pour vous. C'était dans la vue de vous servir que je m'étais rendu ici, et mon attente n'a pas été trompée. Ainsi que vous me l'aviez conseillé, j'ai montré au Visir beaucoup d'intérêt, j'ai paru honteux de mon ingratitude ; il a été touché de mon repentir qu'il croit sincère, et je ne doute pas qu'il ne m'admette très-incessamment dans sa confidence intime. Déjà il a confirmé mes soupçons en me disant qu'il a donné un rendez-vous à Zaïda, et qu'elle doit venir en ces lieux à l'issue de la prière. (*A part.*) Je saurai bien l'en empêcher.

ISOUF.

Où est Giafar maintenant ?

RAYMOND.

Il est allé au-devant d'elle.

ISOUF.

Est-ce là tout ce que tu sais ?

RAYMOND.

Il y a bien encore quelque chose... Une surprise que je vous ménage.

ISOUF.

Dis tout de suite.

RAYMOND.

Non. Plus tard, quand je serai mieux au fait. Je crois vous en avoir dit beaucoup... (*A part.*) Trop ! (*Haut.*) Maintenant vous voilà fort instruit.

ISOUF, *à part.*

Plus que tu ne penses ! (*haut, tendant la main à Ray-mond.*) C'est bien. Continuons de même.

RAYMOND.

Je ne demande pas mieux. (*A part.*) La bonne dupe !

ISOUF, *à part.*

Il croit m'avoir trompé !... Haroun ne vient pas.

RAYMOND.

Je retourne au sérail. Vous, attendez à quelque distance de ce pavillon que les époux s'y rendent. (*A part.*) Tu attendras long-tems.

ISOUF, *à part.*

Compte là-dessus.

RAYMOND, *à part.*

Courons les prévenir. (*haut.*) Adieu.

ISOUF, *le retenant.*

Un moment ! puisque tu as une si grande affection pour moi, pourquoi me quitter si vîte ? Demeure.

RAYMOND, *à part.*

J'ai affaire à forte partie.

ISOUF.

Justement le Calife s'avance.

RAYMOND.

Le Calife ? Ah ! tant mieux. (*A part.*) Surcroît d'embarras. (*haut.*) Mais, non, j'y songe ; sa présence va tout déranger. Il faut l'éloigner, sans cela le rendez-vous n'aura pas lieu.

ISOUF.

Sois tranquille. (*A part.*) Tu seras bien adroit si tu pares le coup que je vais te porter.

SCENE IX.

RAYMOND, HAROUN, ISOUF, Eunuques, Soldats.

(*Raymond va en sautant se prosterner devant le Calife.*)

HAROUN.

Te voilà, Raymond ?

RAYMOND.

Toujours prêt à obéir aux ordres de Sa Hautesse.

(*Isouf s'approche du Calife et lui parle bas ; la figure d'Haroun exprime soudain l'indignation et la colère.*)

RAYMOND, *à part.*

Quel secret si pressant ?

HAROUN, *se contenant à peine.*

Est-il possible ?

ISOUF, *à demi-voix.*

Ordonnez-lui de chanter, vous en aurez la preuve.

RAYMOND, *à part.*

Son front s'obscurcit, gare la tempête. (*haut.*) Commandeur des Croyans, daignerez-vous excuser la témérité de votre fidèle sujet, s'il ose vous témoigner sa surprise d'un retour si prompt, sur-tout lorsqu'il croit remarquer sur vos traits une altération...

HAROUN.

Il est vrai ; j'éprouve une secrète inquiétude... Je suis dans une anxiété... Tu ne pouvais te présenter plus à propos. Je vais me reposer quelques instans dans ce pavillon ; peut-être tu parviendras à me distraire. (*On apporte des carreaux, Haroun s'assied.*)

RAYMOND.

Ordonnez, seigneur. Sa Hautesse veut-elle que je lui fasse une lecture divertissante, que je la réjouisse par une danse bouffonne ou que je lui récite quelques uns de ces contes auxquels elle prend un si grand plaisir ?

HAROUN.

Non, je préfère que tu chantes.

RAYMOND, *à part.*

Isouf sait tout ! payons d'audace (*haut.*) Je suis désespéré de ne pouvoir satisfaire sa Hautesse. Par quelle fatalité faut-il qu'elle me demande la seule chose que je ne puis faire ?

HAROUN, *s'enflâmant par dégrés.*

Qui t'en empêche ?

RAYMOND.

Un obstacle insurmontable et malheureusement trop commun parmi les chanteurs. (*il tousse.*)

HAROUN.

Misérable !

RAYMOND, *très-gaîment.*

Je conviens qu'il est dur pour un souverain, qui fait mouvoir à son gré des milliers d'hommes et dont la puissance s'étend sur une immense partie du globe, d'éprouver dans l'exécution de ses désirs une opposition produite par une cause aussi légère. Mais emporté par mon zèle, pendant la fête que j'ai dirigée hier, la fraîcheur de la nuit...

HAROUN.

Tout autre que toi aurait dejà payé de sa tête sa téméraire audace.

RAYMOND.

J'oserai réprésenter à sa Hautesse que ce ne serait pas le
moyen de me rendre la voix.

HAROUN, *portant la main sur son poignard.*

Sans le respect que notre religion prescrit pour tout in-
sensé... (*avec sévérité*.) Chante, je le veux.

RAYMOND, *à part.*

Je ne le puis sans danger, pourvu qu'ils n'entendent
point d'accompagnement. (*haut*.) Puisque Votre Majesté
l'exige, je vais lui obéir ; mais je puis l'assurer qu'elle ne
sera pas contente de moi. (*il fredonne en affectant de
tousser*.)

ISOUF, *bas à Haroun.*

Ordonnez-lui de s'accompagner avec son luth.

HAROUN.

Où est ton luth ?

RAYMOND.

Au palais, Seigneur ; je cours le chercher. (*à part*.)
Je ne reviendrai pas.

ISOUF, *l'arrêtant.*

C'est inutile. Celui de la Princesse est ici.
(Il ouvre une armoire pratiquée dans la base d'une colonne, et en
tire un luth.)

RAYMOND, *à part.*

Nous sommes tous perdus.

ISOUF, *présentant le luth à Raymond.*

Le voilà.

RAYMOND.

Dans quel état !... l'humidité a fait briser les cordes.

HAROUN, *se retournant vers ses gardes et d'une voix menaçante.*

C'en est trop. Qu'on lui... (*Tous les soldats lèvent
leur cimeterre*.)

RAYMOND.

Non, non... ce n'est pas la peine ; je vais chanter. Votre
Hautesse a des manières si engageantes qu'on ne peut rien
lui refuser. Mais encore faut-il que j'aie le tems de choisir
une chanson qui lui plaise.

HAROUN.

Que m'importe, pourvu que tu m'obéisses.

RAYMOND, *à part.*

J'en vais composer une. (*Bas à Isouf.*) Seigneur Isouf,
voici la surprise que je vous ménageais. Ce n'est pas vous
que je voudrais tromper. Le fils de Giafar est caché tout
près de ce pavillon ; ordonnez aux soldats de veiller à ce
qui se passera en - dehors pendant que je chanterai ; car
c'est le signal auquel il doit paraître.

ISOUF.

On a bien de la peine à t'arracher ce secret.

(Il place les Eunuques en attitude menaçante à chacune des ouver-
tures et autour du pavillon ; tous ont le cimeterre levé et tour-
nent le dos à Raymond. Isouf revient près du Calife, à qui il parle
bas, puis il remonte la scène pour observer en dehors. Haroun est
assis à droite, au premier plan.)

RAYMOND , *debout à gauche en face du Calife. Il chante le
couplet suivant en s'accompagnant avec son luth.*

Premier Couplet.

Chargés de parfums et d'encens,
Trésors de l'heureuse Arabie,
Cent chameaux suivaient à pas lents,
La route qui mène en Syrie.

(Le vieil Arabe soulève doucement la dalle. On voit déjà passer la
tête de Naïr. Raymond remonte la scène sans affectation, mais
en témoignant l'effroi le plus marqué, quand Haroun ne le fixe
pas.)

Tout-à-coup des Bédouins errans,
Fondent sur eux avec furie...

(Il s'élance sur la dalle et la referme en chantant avec beaucoup d'é-
nergie, les deux vers suivans.)

Demeurez-là, ne bougez pas ;
Sinon vous courez au trépas.

(Isouf et les Eunuques font un demi-tour à droite , et par un mouvement très-vif, descendent vers Raymond en le menaçant de leur
cimeterre. Haroun se lève.)

(*Avec beaucoup de sang-froid.*) Qu'est-ce ? qu'avez-vous
donc ?...Ah!ah! (*il rit à gorge déployée.*) comment vous n'en-
tendez-pas que c'est le Cheik des Arabes qui, d'une voix terrible, adresse ces paroles au conducteur de la caravane ?

(Il continue de chanter en dansant, mais sans quitter la dalle.)

Et , tra , la , la , tra , la , la , la.
Tra , la , la , tra , la , la , la.

Voilà le premier couplet. (*bas à Isouf.*) Retournez à votre
poste , car ils pourraient bien s'échapper.

ISOUF, *remonte à l'entrée du pavillon , mais il redescend*
bien vite , et dit au Calife à demi-voix.

Je viens d'apercevoir le cortège de la Princesse.

RAYMOND , *qui a entendu , affecte de chanter très-fort.*

Second couplet.

Eloignez-vous , dit aussi-tôt
Le conducteur...

HAROUN.

C'est assez.

RAYMOND.

Quel dommage ! voici le plus intéressant.

HAROUN.

Je ne voulais qu'une preuve de ta soumission.

RAYMOND.

Maintenant que la voix m'est revenue , je chanterais
jusqu'à demain. (*il chante.*)

HAROUN.

Paix. (*A Isouf.*) Fais retirer tout le monde. Sans doute,
Giafar ne tardera point à se rendre auprès de sa coupable
épouse. Dès qu'ils seront réunis, tu feras investir le pavillon,
afin qu'ils ne puissent m'échapper. (*A Raymond.*) Suis-moi.

RAYMOND , *à part.*

Infâme Isouf ! ta méchanceté l'emporte.
(Le Calife et sa suite sortent par la droite. Isouf ne s'éloigne qu'au
moment où l'on entend la voix de Zaïda.)

SCENE X.

ZAÏDA , GIAFAR , *déguisé en muet , comme au premier*
acte.

ZAÏDA , *aux Eunuques et aux femmes qui la suivent.*

Tenez-vous à la même distance que de coutume et ne
laissez approcher qui que ce soit. (*à Giafar.*) Toi , demeure
à l'entrée pour recevoir mes ordres. (*Les Eunuques se dis-*
persent dans la forêt, Giafar les suit de l'œil : quand ils sont
tous éloignés , il ôte son masque, revient vivement auprès
de Zaïda et tous deux volent dans les bras l'un de l'au-
tre.) O Barmécide !

GIAFAR.

Chère âme de ma vie ! je l'éprouve aujourd'hui ; non, le
parfait bonheur n'est point une chimère.

ZAÏDA.

Par combien de tourmens et d'inquiétudes n'avons-nous
pas acheté ce fortuné moment ?

GIAFAR.

J'oublie tout en pressant dans mes bras une épouse ado-
rée. (*ils s'embrassent encore.*)

ZAÏDA.

Oh ! Giafar, quelles sont longues et pénibles les journées
de l'absence !

GIAFAR.

Il est vrai. Mais du moins nous étions assurés d'une tendresse réciproque, et quelque malheureux qu'il soit, un
amour mutuel répand sur la vie entière un charme délicieux
qui en remplit tous les vides et que rien ne peut remplacer.

ZAÏDA.

Plus heureux que Zaïda, tu possédais ton fils : notre
cher Naïr t'offrait à chaque instant l'image de sa mère, et
moi, forcée de le livrer, aussitôt après sa naissance, à des
mains étrangères, je n'ai pu recueillir son premier sourire,
si douce récompense des soins maternels. Je n'ai pu jouir
un seul jour, depuis cinq ans, de ses innocentes caresses,
ni lui prodiguer les miennes. Oh ! fais-le moi voir ce fils si
cher, je t'en conjure, ne retarde plus mon bonheur. (*Giafar
va prendre le luth de Zaïda, qu'Isouf a remis à sa place.*)
Je ne te demande pas si tu as pris toutes les précautions
que la prudence exige ; ta tendresse m'en est un sûr garant.

GIAFAR.

Tes esclaves nous mettent à l'abri de toute surprise, et
plus loin, notre ami, le brave Raymond, veille encore à
notre sûreté. Le Calife seul aurait le droit de pénétrer
jusqu'ici ; mais il est à la chasse.

ZAÏDA.

Dérobons-lui soigneusement notre secret. S'il pouvait
soupçonner l'existence de notre fils, tu connais son inflexible
rigueur, il exercerait sur nous une vengeance aussi barbare
qu'insensée.

GIAFAR.

Que ton cœur se rassure.

ZAÏDA.

Songe qu'il nous faut tromper la jalousie d'une femme que
tu as dédaignée. Elle est bien malheureuse ; je le conçois,
Barmécide, un cœur qui te perd, après s'être flatté de te
posséder, doit être implacable dans sa haine.

GIAFAR.

L'adresse de Raymond déjouera toutes leurs ruses. Tiens, prends ce luth et donne-toi-même le signal auquel ton fils doit paraître.

ZAÏDA, *prend le luth et prélude.*

(Giafar, qui, pendant ce tems, a parcouru les dehors du pavillon, revient frapper sur la dalle.)

Ouvrez, vous le pouvez sans crainte ; c'est Giafar.

SCENE XI.

ZAÏDA, AGIB, GIAFAR, NAIR.

(La dalle se lève. Agib paraît le premier, voit Giafar et fait sortir l'enfant, qui court dans les bras de son père. l'Arabe referme le souterrain.)

NAÏR, *paraît effrayé en voyant Zaïda.*

Quelqu'un est avec toi ?

GIAFAR.

Ne crains rien, mon fils ; c'est cette bonne Zaïda dont je t'ai parlé si souvent.

NAÏR.

Comme elle me regarde ! on dirait qu'elle me connaît.

GIAFAR.

C'est ta mère.

ZAÏDA.

Viens.

NAÏR, *avançant avec timidité vers Zaïda, qui lui tend les bras.*

Elle m'appelle !

GIAFAR.

Approche.

ZAÏDA, *s'élançant vers Naïr, que lui présente Giafar et qu'elle embrasse à plusieurs reprises.*

Viens, cher enfant !

NAÏR.

Tu m'aimes donc ?

ZAÏDA.

Si je t'aime ! Il le demande à sa mère.

NAÏR, *la caressant.*

Je t'aime bien aussi.

ZAÏDA.

Cher Naïr ! appelle-moi du doux nom de mère ; tu ne me l'as jamais donné.

Les Ruines.   G

NAÏR.

Ma mère ! (*Il se jette dans les bras de la Princesse, qui le couvre de baisers et le prend sur ses genoux.*)

ZAÏDA.

Encore.

NAÏR.

Ma mère !

ZAÏDA.

Que j'aime à l'entendre ! redis-le souvent, toujours... ne m'en donne jamais d'autre.

GIAFAR.

Si tu savais combien j'ai tremblé pour sa vie, et quels affreux dangers nous avons couru ! mais j'ai tout surmonté; j'avais promis de te le rendre.

ZAÏDA.

Combien de fois, en songeant aux difficultés de cette entreprise plus que téméraire, ne me suis-je pas repentie d'avoir arraché cette promesse à ton amour ?

GIAFAR.

Je n'avais pas rencontré le plus léger obstacle en allant à la Mecque ; mais à peine sorti de cette ville pour revenir à mon camp, je tombai dans un parti de Bédouins. Seul et chargé de ce précieux dépôt, la résistance semblait devoir accélérer ma perte, quand l'idée de ton désespoir en apprenant notre fin déplorable, se présentant à mon esprit avec toute son horreur, m'inspira un courage, une audace extraordinaires. Mon cimeterre d'une main et ton fils de l'autre, je m'élançai au milieu de ces barbares. J'immolai sans pitié tout ce qui s'opposait à mon passage. Leur chef lui-même, Aboulcasem, tomba sous mes coups et ne dût la vie qu'à ma générosité. Mais bientôt mon bras fatigué, laissant tomber mon arme, je ne vis plus autour de moi qu'une mort certaine. Soudain le Prophète, ou plutôt le désir de te conserver notre fils, me suggéra l'idée de jeter à mes ennemis une bourse ouverte et remplie d'or. Ils se précipitent à l'envie sur leur proie, et, grace à l'agilité de mon coursier, je m'échappe à travers le désert et me vois en un instant à l'abri de leurs poursuites.

ZAÏDA.

Tout mon cœur a frémi !

GIAFAR.

Mais je ne m'étais soustrait à ce péril que pour retomber dans un autre bien plus cruel. L'ardeur de ma course m'avait emporté loin de la route ; bientôt le vent du midi soulevant avec violence les flots brûlans de cette mer de sable, effaça jusqu'aux moindres traces que l'on y avait imprimées. Pendant deux jours et deux nuits j'errai dans cette immense solitude , sans trouver une source , sans rencontrer un abri contre le ciel embrasé , qui répandait sur nous des torrens de feu. J'avais perdu dans le combat les provisions que je destinais à mon fils, et je pressais les flancs de mon coursier dans l'espoir de découvrir un toit hospitalier , lorsque ce fidèle compagnon tomba lui-même exténué de faim et de fatigue.

ZAÏDA, *avec toute la sollicitude d'une mère.*
Grand dieu !

GIAFAR.

Je pris mon fils dans mes bras. En le serrant contre mon cœur, je cherchai à lui communiquer le peu de forces qui me restaient, et me traînai ainsi pendant toute la nuit. Enfin, au point du jour je découvris mon camp. Mais il fallait, pour y arriver, franchir encore un espace de douze milles, et la nature épuisée ne put suffire à ce nouvel effort. Une soif dévorante avait desséché les sources de notre vie ; étendus sur le sable nous allions périr... quand j'aperçus à mes pieds le fruit d'un palmiste. Je le saisis avec transport, j'en exprime le suc , que je laisse tomber goutte à goutte sur les lèvres de mon cher Naïr... Il était mourant ; cette liqueur bienfaisante le ranime... il ouvre les yeux... me reconnaît... m'adresse un léger sourire... il est sauvé ! Nous renaissons. tous deux, je l'emporte et j'atteins heureusement le but de ce périlleux voyage,

ZAÏDA, *se jettant à genoux.*
Dieu des Croyans !... reçois mes actions de grâces pour un si grand bienfait. En conservant mon époux et mon fils, tu m'as donné plus que la vie.

HAROUN, *en-dehors.*
Suivez-moi.

ZAÏDA, *avec effroi.*
Mon frère !

GIAFAR, *frappe du pied sur la dalle.*

Agib ! Agib !... (*il revient vers Zaïda et veut emmener son fils.*)

ZAÏDA, *hors d'elle.*

Il est trop tard !... le voici !... sauve-toi ; je le veux.

(*Giafar remet son masque et se tient à l'écart. Zaïda cache son fils dans l'armoire où était son luth, puis elle revient vivement s'asseoir sur des carreaux à gauche. Elle tient à la main son instrument comme si elle en jouait, mais la frayeur l'a tellement troublée, qu'elle agite ses doigts sans toucher les cordes.*)

SCENE XII.

ZAÏDA, NAIR *caché*, HAROUN, ISOUF, RAYMOND, GIAFAR, Eunuques.

(*Quand le Calife est entré, Giafar se place à droite parmi les Eunuques, on ne le perd pas de vue.*)

HAROUN, *d'une voix terrible, après avoir considéré un moment la pantomime de sa sœur.*

Zaïda, d'où naît ce trouble ?

ZAÏDA, *éperdue, à part.*

Je ne vois plus que la mort. Juste ciel, épargne mon fils.

GIAFAR, *à part.*

O situation déchirante !

HAROUN.

Répondez, Zaïda ; vous n'étiez pas seule.

ZAÏDA, *tremblante.*

Seigneur...

HAROUN.

Giafar était ici.

ZAÏDA.

Non, seigneur, ce n'était pas lui.

HAROUN.

Et quel autre oserait ?... (*A sa suite.*) Cherchez partout. Visitez ces lieux. (*Quelques Eunuques sortent et regardent en-dehors du pavillon.*)

NAIR, *effrayé du bruit qu'il entend, ouvre l'armoire et crie.*

Ma mère !...

HAROUN.

Sa mère ?...

(*Etonnement général.*)

ZAÏDA, *s'élance vers Naïr, qu'elle arrache des bras d'Isouf.*

Mon fils !

H A R O U N.

Il est donc vrai !... vous m'avez trompé ?... tremblez, perfides ! Plus les coupables m'étaient chers, et plus leur pu-
nition sera terrible. Je veux que votre châtiment, à jamais
mémorable, fasse frémir la postérité et serve d'exemple à
quiconque oserait concevoir la coupable pensée de me désobéir. (*A Isouf.*) Saisissez-vous de cet enfant.

Z A Ï D A.

Jamais.

NAIR , *se débat pour résister aux efforts d'Isouf, et se ré-*
fugie auprès de Giafar.)

Mon pè... (*Giafar lui met la main sur la bouche.*)

H A R O U N , *à Zaïda.*

C'est sous tes yeux qu'il sera frappé de mort... (*A Gia-*
far en lui présentant son poignard.) Esclave, prends ce fer
et le plonge dans le sein de cet enfant. (*Giafar serre étroi-*
tement son fils contre son cœur et l'embrasse à plusieurs re-
prises.) Prends, te dis-je. (*Giafar se jette à genoux et sup-*
plie le Calife d'épargner cette innocente créature.) Tu m'oses
résister ! (*il se tourne avec fureur vers ses gardes.*) Soldats,
tranchez la tête à cet esclave. (*Les Eunuques s'avancent le*
cimeterre levé.)

ZAÏDA , *jette un cri perçant et vient tomber évanouie aux*
pieds de Giafar en disant, d'une voix mourante :

Epargnez Giafar (1) !

(Raymond appelle les esclaves de la Princesse, qui la relèvent ainsi
que son fils et lui donnent des secours.)

H A R O U N.

Giafar ! (*Les Eunuques se retirent avec respect. Tableau*
général.)

G I A F A R , *ôtant son masque.*

Oui, cruel, c'est ton ami, c'est le soutien de ton empire,
que ton barbare caprice réduit à la condition la plus misérable ; c'est l'homme qui cent fois a répandu son sang pour
défendre ta gloire et tes Etats, que tu veux contraindre à
verser celui de son fils, du fils de ta sœur !

H A R O U N.

Ah ! ne me rappelle pas ton injure.

G I A F A R.

Qu'avons-nous fait, que désobéir à un ordre inhumain,
impossible ?

____

(1) ISOUF, HAROUN, GIAFAR, ZAÏDA, NAIR, RAYMOND.

HAROUN.

En t'offrant la main de Zaïda, je t'expliquai les raisons
politiques qui s'opposaient à ce qu'il naquit de votre union
un enfant, dont les prétentions au trône pourraient après
ma mort troubler la paix de cet empire, en établissant une
rivalité dangereuse entre mon fils et lui. Je ne devais point
permettre d'ailleurs que le sang d'Ali fut souillé par une
alliance étrangère. Ma loi me le défendait. Je t'imposai
donc une condition difficile, il est vrai; mais avant de l'ac-
cepter, avant de te lier par des sermens terribles, tu as dû
consulter ta vertu : « Puissai-je, m'as-tu dit, la main sur
» l'Alcoran, attirer sur moi votre vengeance, et celle du
» Prophète, si je deviens parjure. » Tu l'as enfreint, ce serment redoutable, et la mort punira ton crime. Zaïda qui
l'a partagé, partagera ton châtiment.

GIAFAR.

Ah ! Seigneur, révoquez cet arrêt barbare. Inventez des
supplices pour me punir, mais épargnez Zaïda. C'est moi
seul qui suis coupable, c'est moi qui l'ai séduite; moi seul
je vous ai trahi. Au nom de notre amitié...

HAROUN.

Je l'abjure.

GIAFAR.

De mes services...

HAROUN.

Je les oublie.

GIAFAR.

De votre gloire...

HAROUN.

Je la ternirais en ne punissant point un ingrat, un parjure.

GIAFAR.

Epargnez votre sœur.

HAROUN.

Elle n'est plus rien pour moi. Qu'on la traine au sérail,
qu'on la dépouille de ses riches vêtemens, pour la couvrir
de ceux de l'indigence, et que dans cet état elle soit exposée
aux regards du peuple et chassée du palais. Que Giafar,
son fils, que tout ce qui porte le nom de Barmécide dispa-
raisse de la terre; qu'avant la fin du jour ils soient tous
immolés.

RAYMOND.

Seigneur !

(55)

H A R O U N , *à Raymond.*

Va, sors de Bagdad à l'heure même : je te bannis de mes
Etats. (*A Isouf et aux gardes.*) Allez, le moindre retard
apporté dans l'exécution de mes ordres sera puni par un
châtiment exemplaire. (*Les Eunuques, les esclaves et les
femmes se prosternent aux pieds du Calife en demandant
grace.*) Téméraires ! quiconque osera me parler en faveur
de ces traîtres, ressentira le poids de ma juste colère.

(Il sort avec un air menaçant. (*Tableau général.*) Raymond et Giafar
soutiennent la Princesse, qui, malgré son évanouissement, ne
s'est point séparée de son fils.)

Fin du second Acte.

ACTE III.

Le théâtre représente la partie des ruines de Babylone, qui s'étendait vers le Tygre. A droite, au second et troisième plans, les murs d'un château fort, dont une petite porte dérobée donne sur le théâtre. Tout près de l'avant-scène, du même côté, une masure couverte avec des feuilles de palmier.

SCENE PREMIERE.

ABOULCASEM, MORABEK, Bédouins.

(Au lever du rideau, on voit une halte de Bédouins ; des ballots, des chameaux, des esclaves, des draperies jetées sur des palmiers, etc.

MORABEK.

Nous voici donc au milieu des débris de la superbe Babylone ; c'est donc là tout ce qui reste de cette antique cité, jadis la reine du monde, et qui ne sert aujourd'hui qu'à arbiter une troupe de Bédouins. Pour ma part, je te remercie, brave Aboulcasem, de nous avoir conduits dans ces ruines. Nous sommes tous fatigués de la marche longue et pénible que nous venons de faire ; ce lieu est commode pour nous reposer ; si tu m'en crois nous prolongerons la halte jusqu'à la fin du jour. Pendant que tes esclaves, dégagés de leurs fers, s'efforceront de charmer tes loisirs, moi, j'irai visiter en détail ces monumens fameux bâtis par Nembrod et Sémiramis.

ABOULCASEM.

J'y consens.

MORABEK.

Esclaves, le vaillant Aboulcasem, votre vainqueur et votre maître, vous permet de le divertir.

(Il va se promener dans les ruines. Danses et jeux exécutés par les captifs d'Aboulcasem. Ce divertissement doit être vif et court.)

ABOULCASEM.

C'est assez. Que l'on se dispose à partir.

MORABEK.

Déjà? A peine sommes-nous arrivés. Pourquoi donc partir sitôt?

ABOULCASEM.

Nous sommes trop près de Bagdad. Crois-tu que je veuille orner le triomphe de Giafar? Aussi intrépide guerrier, que ministre habile, il a promis d'expulser entièrement les Bédouins des états d'Haroun. Je volerais à sa rencontre si nous pouvions combattre à force égale; mais je n'ai garde d'exposer mes compagnons aux coups d'une armée victorieuse. Sa présence nous avait forcés de sortir du désert; maintenant qu'il s'en est éloigné, nous pouvons y retourner. Nous allons repasser l'Euphrate, et nous mettre à la recherche de quelque riche caravane bien escortée, dont la prise, vaillamment défendue, me couvrira de gloire et vous enrichira.

MORABEK.

Oui, tu aimes la fumée, toi; moi, je ne connais de réel que l'or.

ABOULCASEM.

Nous faisons chacun notre métier.

MORABEK.

Puisque tu es si jaloux de ce vain titre de gloire, comment n'as-tu pas cherché à réparer l'affront que tu as reçu de Giafar?

ABOULCASEM.

L'affront, dis-tu? les chances de la guerre sont incertaines et journalières. Vainqueur aujourd'hui, demain on peut être défait. J'ai combattu Barmécide, la victoire long-tems indécise s'est déclarée pour lui. D'un coup de son cimeterre il pouvait trancher mes jours, il ne l'a pas voulu. Cela t'étonne, et moi je le conçois. La mort d'un ennemi n'ajoute rien à l'honneur de l'avoir vaincu.

MORABEK.

Nous ne pensons pas de même.

ABOULCASEM.

Cela doit être.

MORABEK.

En pareil cas la générosité du vainqueur ajoute encore à la honte de s'être laissé vaincre.

ABOULCASEM.

Il suffit, te dis-je; sur ce point, nous ne pouvons nous entendre. (*A sa suite.*) Que l'on se mette en marche,

Les Ruines. H

MORABEK, *à part.*

Malheur à Giafar, ou aux siens, si jamais ils tombent
entre mes mains. J'aurai bientôt vengé l'outrage fait aux
Bédouins, dans la personne d'un de leurs Chéiks.
(*On plie les tentes, on enlève les draperies, tout s'anime, et la
petite armée des Bédouins défile à travers les ruines, avec ses ba-
gages, son butin, ses esclaves, etc.*)

ABOULCASEM, *en sortant.*

Morabek !

MORABEK, *avec humeur.*

Je te suis. Les approches d'une ville riche et commer-
çante pouvaient nous offrir de fréquentes occasions de si-
gnaler à la fois notre audace et notre adresse... Il faut s'é-
loigner, et attendre au milieu des sables brûlans du désert,
qu'il plaise au hasard... (*Tout en murmurant il se dispose
à joindre l'armée. Un Bédouin qui est resté en arrière vient
lui frapper sur l'épaule, et lui fait signe de regarder à gauche.*) Qu'est-ce ?... un Musulman s'avance de ce côté...
Que risquons-nous de l'attendre ? c'est peut-être un trésor
que le Prophète nous envoie. Tenons-nous à l'écart et bais-
sons nos visières afin de n'être pas reconnus et punis par
Aboulcasem, s'il apprenait cette infraction à la discipline
qu'il veut établir parmi nous. (*ils se retirent à l'écart.*)

SCENE II.

ISOUF, MORABEK, Un Bédouin.

ISOUF, *arrivant par la gauche et regardant de tous côtés.*

On m'a dit qu'un parti de Bédouins s'était avancé jusque
dans ces ruines et je m'en réjouissais ; mais il paraît qu'on
m'a trompé. D'après le bruit qui s'en est répandu, j'ai quitté
Bagdad pour venir chercher parmi ces hommes avides, des
cœurs fermés à tous sentimens humains et à qui je pusse
confier l'exécution des ordres de mon maître. Les services
de Giafar, et la gloire récente dont il vient de se couvrir,
l'ont environné d'un tel prestige, que le Calife lui-même,
ne trouverait peut-être pas dans tous ses états un bras dévoué à sa vengeance, à l'exception du mien. Mais ma prudence s'oppose à ce que voudrait mon courage. Déjà l'armée murmure et redemande hautement son chef. Je dois
craindre aussi l'inconstance d'Haroun, et ne pas lui laisser le

tems de se repentir. Je sais qu'un même objet excite alter-
nativement sa fureur et sa pitié. Je n'ai donc pas un instant
à perdre, si je ne veux me voir enlever le résultat de dix
années d'intrigues et de ruse. Les Bédouins, ennemis natu-
rels de Barmécide, et ne vivant que de pillage, ne se feront
pas le moindre scrupule de me servir. Je me suis d'ailleurs
muni d'argumens irrésistibles. Aussitôt que je les aper-
cevrai, je prendrai une bourse de chaque main, et m'avançant hardiment... (*il tient une bourse de chaque main.*)
à la faveur de ces messagers de paix, je leur dirai : soyez
les bien venus ! c'est vous que je cherchais. Sans doute vous
aimez l'or ?

(Morabek et l'autre Bédouin se sont avancés sans bruit ; arrivés près
d'Isouf, l'un à droite et l'autre à gauche, ils empoignent à-la-fois
les deux bourses que celui-ci présente. Puis ils se mettent sur la
défensive.)

MORABEK.

Beaucoup.

ISOUF, *d'abord un peu déconcerté, dissimule son trouble,*
et affecte un air riant et beaucoup d'assurance.

Ah ! ah !

(Dans ce moment un homme enveloppé d'une ample draperie, à la
manière des Arabes, traverse mystérieusement les ruines, s'arrête en voyant Isouf, et disparaît derrière les murs de la forteresse.

MORABEK.

N'est-ce pas là ce que tu voulais savoir ?

ISOUF.

La réponse est positive. Seulement je la trouve un peu
brusque.

MORABEK.

Nous ne sommes pas obligés d'être polis.

ISOUF.

Je le vois bien. Mais passons sur les formalités. Ce n'est là
qu'un faible à-compte sur le riche salaire que je vous destine,
si vous consentez à ce que je viens vous proposer.

MORABEK.

Parle. Nous sommes prêts à te satisfaire.

ISOUF.

Je ne vous demande pas si vous êtes sensibles ?

MORABEK, *ironiquement.*

Des Arabes !... Sans préambule, de quoi s'agit-il ?

ISOUF, *avec joie.*

Le Calife vient de condamner à mort Barmécide et toute
sa famille.

MORABEK.

Ah ! tant mieux.

ISOUF.

Tu le hais donc ?

MORABEK.

Autant que toi.

ISOUF.

Qui t'a dit ?...

MORABEK.

Tes yeux. Au fait, tu veux nous charger de mettre à exécution... (*Isouf fait un geste affirmatif.*) Avec plaisir.

ISOUF.

Il est possible qu'Haroun révoque cet arrêt porté dans un moment de fureur ; je ne m'y opposerai pas, au contraire, pourvu qu'il ait frappé Giafar et son fils.

MORABEK.

A la bonne heure. Chacun le nôtre. (*Montrant son compagnon et lui.*) Où sont-ils?

ISOUF.

J'ai dû m'assurer avant tout de votre consentement. Cet ordre du Calife (*il montre un rouleau.*) m'autorise à enlever les prisonniers pour les faire conduire où bon me semblera. Je vais donc les prendre l'un après l'autre et les amener ici sous prétexte de les déposer dans ce château fort, où l'on élève le fils d'Haroun. Ils y seront ignorés et à l'abri d'un coup de main. (*Avec ironie.*) Dans le trajet nous attaqués par des Bédouins.

MORABEK.

A ce que tu dis. Giafar et son fils succombent.

ISOUF.

Je ne dois mon salut qu'à un miracle.

MORABEK.

Non. A la fuite. C'est plus naturel, si tu sais courir.

ISOUF, à part.

Et si par hasard le Calife fait un retour tardif vers la clémence, je suis délivré de mes ennemis, sans que l'odieux de leur mort puisse m'être imputé.

MORABEK.

Je te devine. Ah! quel talent ! Je ne m'étonne pas que tu aies fait ton chemin. Va, nous t'attendons. Hâte-toi ; car il nous faut rejoindre notre petite armée.

ISOUF.

Je ne tarderai pas.

MORABEK.

Tu nous trouveras ici, ou dans les environs. D'ailleurs, tu nous appelleras.

ISOUF.

Ah ça, je puis compter sur vous ? Vous êtes gens d'honneur ?

MORABEK.

Comme toi.

ISOUF.

Adieu.

MORABEK, *avec affectation.*

Adieu, camarade.

ISOUF, *à part, avec humeur et en s'en allant.*

Hum ! camarade !

MORABEK.

En attendant le retour de ce vieux coquin, visitons les dehors de cette forteresse, où l'on élève, nous a-t-il dit, le fils d'Haroun ; peut-être ferons-nous encore quelque heureuse rencontre. (*ils s'éloignent par la droite.*

SCENE III.

ZAIDA , *paraît dans le fond. Elle s'avance lentement ; sa marche est incertaine et chancelante. Elle s'arrête à chaque pas sur des monceaux de ruines. Ses vêtemens en désordre sont ceux d'une femme du peuple. Elle est pâle, et exténuée par la fatigue et le besoin.*

Les forces me manquent... Puissai-je trouver ici le terme de ma douleur ! (*Elle tombe au pied d'un palmier.*) Est-il un sort plus déplorable ? Oh ! non , sans doute ; nulle infortune ne peut se comparer à la mienne. Hier, assise auprès du trône , enivrée de l'encens qui fumait pour Giafar , certaine de son amour , de l'existence de mon cher Naïr, j'étais la plus heureuse des épouses et des mères. Aujourd'hui, réduite à la condition la plus misérable, chassée honteusement de Bagdad, comme la plus vile des créatures... à jamais séparée d'un époux et d'un fils, massacrés presque sous mes yeux... sans asile, sans appui, sans espérance !... Qu'ai-je à faire dans ce monde ?... Grand dieu ! ne prolonge pas cette douloureuse agonie, hâte-toi de me réunir à ceux que j'ai perdus. N'imite pas l'inflexible rigueur d'Haroun. Frère barbare !... Puisses tu n'éprouver jamais, pour ce fils

que tu chéris si tendrement, les cruelles angoisses auxquelles tu livres, sans pitié, le cœur de la malheureuse Zaïda.
(*Elle est absorbée par la douleur.*)

SCENE IV.
ZAIDA, HASSAN.

HASSAN , *ouvrant la petite porte du château.*

J'ai cru entendre des gémissemens... des plaintes... (*il
regarde.*) Ah! c'est une femme! (*il descend et accourt auprès de Zaïda.*) Infortunée!... O ciel! elle est mourante...
la chaleur sans doute... Hâtons-nous de la secourir... (*il
rentre au château.*)

ZAÏDA , *se soulevant avec peine.*

Quels accens ont frappé mon oreille? (*Elle jette autour
d'elle des regards douloureux.*) Ah! c'est une illusion!
Quel être dans l'univers pourrait prendre intérêt à mon sort?

HASSAN *apportant de l'eau dans un vase de coco.*

Me voici, pauvre femme, me voici; je t'apporte de l'eau.

ZAÏDA , *tendant les bras en avant.*

Oh! j'en ai grand besoin.

HASSAN.

Tiens, bois. (*il lui verse de l'eau dans la bouche.*)

ZAÏDA.

Merci! bon jeune homme.

HASSAN.

Maintenant quelques dattes fraîches. (*il lui présente un
panier de jonc qu'il tient au bras.*)

ZAÏDA.

Quel est donc cet ange protecteur que le ciel m'envoie?

HASSAN.

Prends, en attendant que je t'apporte une portion de
pilau. Je vais la demander à mon Gouverneur. Quoiqu'il
m'ait bien défendu de franchir l'enceinte du château, il ex-
cusera, j'espère, ma désobéissance en faveur du motif. S'il
ne me permet pas de revenir, je t'enverrai...

ZAÏDA.

Demeurez, je vous en prie. Ce léger secours me suffit.
Elle se lève.) Dites-moi, bon jeune homme, à qui je dois
rendre grâce...

HASSAN.

Que t'importe? Parmi les vertus dont on m'inspire depuis

mon enfance, le goût et la pratique, on m'a surtout recommandé de ne laisser jamais échapper l'occasion de secourir les infortunés ; mais secrètement, sans ostentation, sans autre récompense enfin que celle que l'on trouve dans son cœur ; et je sens aujourd'hui que c'est la plus douce que l'on puisse recevoir.

ZAÏDA.

Quelle âme noble !

HASSAN.

Mais, toi, qui parais si malheureuse, qui peut causer ta peine ?

ZAÏDA.

Un cruel qui m'a ravi mon époux et mon fils.

HASSAN.

On t'a ravi ton fils ! oh ! ce doit-être le plus grand des malheurs, si j'en juge par la douleur que j'éprouverais à être séparé de mon père. Tiens, cette seule idée fait couler mes larmes. Pauvre mère, que je te plains !... Mais prends courage, le dieu du Prophète est tout puissant... tu les retrouveras.

ZAÏDA.

Jamais. En ce moment la mort... (*Les larmes l'empêchent d'achever.*)

HASSAN.

Tous deux ?

ZAÏDA.

Tous deux.

HASSAN, *avec timidité.*

Peut-être... ils étaient coupables ?

ZAÏDA.

Eux coupables !... tu le sais, ô ciel !

HASSAN.

Quel est donc le barbare qui s'est souillé par cette action criminelle ?

ZAÏDA.

Hélas !

HASSAN, *avec chaleur.*

Sans doute le Calife n'en a point connaissance, car il n'a jamais souffert que l'on commît impunément dans ses États une injustice ou un crime. Ecoute, bonne femme, il vient me voir presque tous les jours ; si tu veux, je lui raconterai tes malheurs. Mais, non ; va plutôt te jeter à ses pieds... tu lui diras que tu as vu son fils...

ZAÏDA, *à part.*

Son fils !

HASSAN.

Que c'est lui qui t'a recueillie, qui t'envoie vers lui pour réclamer la protection qu'il ne refuse jamais à personne, fût-ce même au dernier de ses sujets. Il est bon, sensible, généreux ; il te vengera de tes ennemis, de ces méchans qui font couler tes larmes, et quand tu auras obtenu de lui la justice que tu demandes, tu viendras me retrouver afin que je puisse m'en réjouir avec toi.

ZAÏDA, *à part.*

C'est donc là le fils d'Almaïde, de notre cruelle ennemie ?... C'est lui qui est la cause, ou du moins le prétexte de nos persécutions !

HASSAN.

Qu'est-ce donc qui t'agite ? Tu t'éloignes de moi ! tu détournes la vue ! T'aurais-je fait du mal sans le savoir ? Ah ! j'en serais bien fâché, et je t'en demande sincèrement pardon.

ZAÏDA, *à part.*

Le mouvement que j'éprouve est injuste, je dois le réprimer. Cachons à ce jeune homme la cruauté d'Haroun. Epargnons à un fils l'affreux supplice d'avoir à rougir de son père. (*haut et d'un ton affectueux.*) Je vous remercie, bon jeune homme, du conseil que vous a suggéré votre cœur ; mais je ne puis le suivre. Il n'est peut-être plus au pouvoir du Calife de réparer le mal que le cruel... (*elle s'arrête.*) que l'on m'a fait. Je n'aspire plus qu'à m'éloigner de ces lieux. La seule faveur que je demande au ciel, c'est de terminer bientôt des jours à jamais flétris par le malheur et les larmes. (*elle fait un mouvement pour s'éloigner.*)

HASSAN, *la retient.*

Tu ne partiras pas dans cet affreux dénuement. L'entrée du château est sévèrement interdite à ton sexe, je n'ose donc te prier de m'accompagner ; mais tu peux te reposer, en attendant mon retour, dans cette masure que tu vois, là,... tout près, couverte avec des feuilles de palmier. Je reviendrai bientôt t'apporter quelques provisions et un peu d'or, que je tiens des bontés d'Haroun.

ZAÏDA.

J'accepterai avec reconnaissance ce qui viendra de vous seul. Quant à l'or, je le refuse.

HAROUN,

Pourquoi?

ZAÏDA, *dissimulant sa pensée.*

Il me serait inutile.

HASSAN.

Viens, que je te conduise. (*il la soutient et la mène à l'entrée de la masure.*) Du moins tu seras à l'abri du soleil... ne t'impatiente pas. Je reviendrai le plutôt possible. Dieu des Croyans ! puisses-tu embellir ainsi chacun des jours que tu me destines ! (*il retourne au château.*)

SCÈNE V.

NAÏR, ISOUF.

NAÏR, *à Isouf, qui le mène par la main.*

Où donc me conduis-tu?

ISOUF.

Tu vas le savoir.

NAÏR.

Est-ce auprès de ma mère ?

ISOUF, *avec une ironie cruelle.*

Oui... oui... vous serez bientôt réunis.

NAÏR.

Tu me fais plaisir. Je te croyais méchant ; mais je vois bien que l'on m'a trompé.

ISOUF, *remontant la scène et cherchant des yeux les Bédouins.*

Où sont-ils ? Bon! je les aperçois... (*il fait des signes en-dehors.*)

NAÏR.

Qui donc appelles-tu ?

ISOUF.

Tu es trop curieux.

NAÏR.

Conduis-moi vite auprès de ma mère.

ISOUF.

Tu es bien pressé.

NAÏR.

Tu me l'as promis.

ISOUF.

Patience !

Les Ruines. I

SCENE VI.

ISOUF, NAIR, MORABEK, un Bédouin.

MORABEK.

Nous voici.

ISOUF.

Tiens, voila d'abord le fils.

MORABEK.

Pourquoi ne les as-tu pas amenés tous deux ?

ISOUF.

J'ai laissé le père à un demi-mille environ, sous la garde d'une bonne escorte. J'ai craint sa fureur si nous le rendions témoin...

MORABEK.

Très-prudent. L'un après l'autre, cela revient au même. (*à son compagnon.*) Charge-toi de celui-là, c'est trop peu de chose pour moi. (*Le Bédouin tire son cimeterre et s'avance d'un air déterminé vers l'enfant.*)

NAIR, *se réfugiant près d'Isouf.*

Défends-moi, je t'en prie, de ce vilain homme.

ISOUF, *le repousse durement vers le Bédouin.*

Bédouin, fais ton devoir.

NAIR.

Ne me tue pas, je t'en prie. (*il élève ses mains jointes vers le Bédouin, qui paraît hésiter et baisse son arme.*)

ISOUF.

Tu balances ?... eh bien ! c'est moi qui vais le frapper. (*il tire son sabre et s'élance sur Nair ; mais par un mouvement plus prompt que l'éclair, le Bédouin, de la main gauche, cache l'enfant avec son bouclier, et le couvre de son corps, tandis que de la droite il lève la partie supérieure de son casque et tient son cimeterre levé sur la tête d'Isouf, qui reconnaît Raymond.*) Comment, c'est toi ?

RAYMOND.

Oui, c'est moi (1).

ISOUF.

Je te trouverai donc partout ?

RAYMOND.

Partout. Je te poursuivrai jusqu'aux enfers. Caché dans ces ruines, j'ai tout entendu. J'ai voulu voir jusqu'où irait

____

(1) MORABEK, ISOUF, RAYMOND, NAIR.

ta barbarie. Scélérat !... Quoi ; les larmes de cette innocente créature n'ont même pu t'émouvoir? Oh ! il est tems
de le frapper ce cœur inflexible.

MORABEK, *froidement.*

Ne t'en avise pas , il émousserait ton cimeterre.

NAÏR, *à Raymond.*

Ne le tue pas.

SCENE VII.

ISOUF , MORABEK , RAYMOND , NAIR , ZAIDA.

ZAÏDA, *sortant de la masure.*

Qu'entends-je ? Cette voix... (*Elle s'élance vers Naïr
que Raymond lui remet.*)

NAÏR.

Ma mère !

RAYMOND.

Princesse, embrassez votre fils.

ISOUF.

O rage !

MORABEK, *à Isouf,* *avec ironie.*

Cela va mal.

ISOUF.

Et toi aussi? Au mépris de nos conventions...

MORABEK.

Que veux-tu? il m'a lié les mains. (*Montrant Raymond.*)
Tu ne m'as donné qu'une bourse pour faire du mal , il m'en
a donné six pour faire du bien. Ecoute donc ; conscience à
part , les Arabes savent compter. Cinq cents pour cent de
bénéfice , cela ne peut pas se refuser. Demande à qui tu
voudras.

ZAÏDA.

Cher Raymond, où est Giafar? pourras-tu me le rendre ?

RAYMOND.

Je l'espère, madame.

ZAÏDA.

Ah! quand même tu réussirais , comment échapperions-
nous à la vengeance d'Haroun ? Elle nous poursuivra partout.

MORABEK, *à Raymond.*

Tu n'as plus besoin de moi ; je vais rejoindre Aboulcasem.

RAYMOND.

Aboulcasem , dis-tu ?

MORABEK.

C'est ainsi que se nomme le Cheik de ma tribu.

RAYMOND.

J'en ai entendu parler. Est-il loin d'ici ?

MORABEK.

A un mille, tout au plus.

RAYMOND.

Attends. (*Montrant Isouf.*) Veille sur lui. (*il cueille une feuille de palmier et y trace des caractères avec la pointe de son poignard, en écrivant de haut en bas.*) « Brave Aboul-« casem.... (*En écrivant il laisse échapper des mots sans suite.*) » Giafar.... Dans le désert.... Lui rendre service.... » Tu y trouveras le Calife... Pour première récompense je » t'envoie un esclave dont tu pourras faire un excellent con-» ducteur de chameaux. » (*A Morabek.*) Tu vas lui mener ce coquin. (*Montrant Isouf. Puis il continue d'écrire.*) « Cent coups de bâton bien appliqués, tous les matins, l'au-» ront bientôt mis au fait... »

MORABEK.

Sois tranquille, cela sera fait, je m'en charge.

ISOUF, *à part.*

Traître maudit !

MORABEK.

Tais-toi, ou je commence.

RAYMOND.

N'y manque pas. Il est paresseux et méchant. Sans cette correction tu n'en feras jamais rien.

MORABEK.

Matin et soir s'il le faut.

RAYMOND, *à Morabek.*

Va, cours porter cet écrit à Aboulcasem et emmène avec toi ce misérable.

ISOUF, *à Raymond.*

Grace, mon cher Raymond.

RAYMOND.

En as-tu fait à cet enfant, à cette mère infortunée ?

ISOUF.

Nous partagerons comme je te l'ai promis.

RAYMOND.

Point de partage entre nous ! Tu auras seul la honte et l'opprobre ; moi, le plaisir et l'honneur d'avoir déjoué tes desseins criminels : nous serons payés chacun comme nous le méritons.

MORABEK.

A propos ; il est porteur d'un ordre du Calife qui met

les prisonniers à sa disposition. (*il prend dans la ceinture d'Isouf le rouleau, et le donne à Raymond.*) Prends, et fais-en ton profit.

RAYMOND.

Merci. Fais diligence.

ISOUF, *d'un ton lamentable.*

Adieu mes vingt mille sequins.

MORABEK.

Allons, marche. (*il l'emmène dans le fond à travers les ruines.*)

SCENE VIII.

RAYMOND, ZAÏDA, NAIR.

RAYMOND.

Vous Princesse, demeurez en ce lieu avec votre fils. Je vais à la rencontre de Giafar. J'emploierai tour-à-tour la persuasion et la force pour l'enlever aux agens de ce traître.

ZAÏDA.

Hélas ! que pourras-tu seul contre tous ?

RAYMOND.

Son danger et mon amitié, ont centuplé mes forces. (*Avec beaucoup d'énergie.*) Je combattrai pour vous le rendre tant qu'une goutte de sang circulera dans mes veines.

ZAÏDA.

Généreux ami !... ah ! laisse-moi te suivre... (*Zaïda et Nair suivent Raymond et disparaissent du même côté que lui.*)

SCENE IX.

HASSAN, HAROUN, *déguisé.*

(*Tous deux sortent par la petite porte du château, Hassan paraît le premier. Il supplie le Calife de descendre vite.*)

HASSAN.

Tu vas la voir. Elle se repose dans cette masure. Oh ! elle est bien malheureuse. Tu ne pourras te défendre d'éprouver aussi pour elle le même intérêt qu'elle m'a inspiré. Je lui ai promis que tu la protégerais.

HAROUN.

C'est le devoir d'un souverain.

HASSAN.

Que tu la vengerais de ses persécuteurs.

HAROUN.

Sans doute ; si elle n'a point mérité son sort.

HASSAN.

J'oserais, t'en répondre. Il faut être bien méchant pour tourmenter ainsi une pauvre femme, dont tous les traits respirent la candeur et l'innocence. Tu vas en juger toi-même. (*il va près de la masure.*) Viens, bonne femme. Eh bien, viens donc. (*il entre.*) Elle n'y est plus. Où donc est-elle ? Je lui avais cependant recommandé de m'attendre. (*il parcourt les ruines.*) Où es-tu, bonne femme ? viens... Ah ! je la vois. (*A son père.*) Je vais te l'amener; mais je ne lui dirai pas que tu es le Calife. Ta présence pourrait l'intimider. (*il disparaît un moment.*)

SCENE X.

HAROUN.

Bon Hassan ! O mon cher fils ! c'est toi qui désormais me tiendras lieu de tous ceux que j'ai perdus. En m'éloignant de Bagdad, pour n'être pas témoin de l'exécution des ordres rigoureux que j'ai donnés, où pouvais-je trouver des consolations plus douces et plus efficaces que celles que je puise dans ton excellent caractère et dans ces vertus qui m'assurent que ton nom deviendra quelque jour la splendeur et la gloire de l'Orient ?

SCENE XI.

NAIR, ZAIDA, HAROUN, HASSAN.

(*Zaida, en voyant le Calife, cache son fils avec un mouvement d'effroi.*)

HAROUN, *troublé et détournant la vue.*

C'est toi !

HASSAN, *avec joie.*

Tu la connais? Ah ! tant mieux.

HAROUN.

Est-ce bien la sœur d'Haroun qui s'offre à mes regards dans un tel dénuement ?

HASSAN, *à part.*

Sa sœur !

ZAIDA.

Oui, c'est elle. Malgré l'abaissement où tu as voulu la réduire, son âme fière et indépendante n'a point changé. L'infortunée Zaida vit toujours, mais elle n'a plus de frère.

HAROUN.

Plus ?

ZAÏDA.

Non. Le grand , le magnanime Haroun n'existe plus.

HAROUN.

Tu as raison. Je ne suis plus que ton juge.

ZAÏDA.

Il est vrai ; mais Dieu sera le tien.

HASSAN, *bas à Zaïda.*

Tu vas exciter son courroux.

HAROUN.

Est-ce pour me braver que tu as désiré ma présence ?

ZAÏDA.

Loin de la désirer , ton fils te dira que je voulais la fuir. Comment puis-je supporter la vue du meurtrier de mon époux et de toute sa famille ?

HAROUN.

Qui t'a rendu ton fils ?

ZAÏDA.

Le ciel , qui moins inflexible que toi , a voulu me laisser du moins quelques consolations dans mon malheur.

HAROUN.

Je saurai bien te l'enlever.

HASSAN , *se jetant aux genoux de son père.*

Haroun, mon père ! J'ignore par quel grand crime elle a mérité ta colère , mais quelqu'il soit , n'est-elle pas trop punie par la privation de ton amitié , par la misère où tu la vois plongée ? Je t'en conjure , ne la sépare pas de son fils. Si quelque barbare te privait du tien , si l'on m'enlevait à ton amour...

HAROUN.

Ah !

HASSAN.

Juge de sa douleur par celle que tu éprouverais. Tu m'as promis de la protéger , de la défendre. Si l'on t'avait trompé, si elle est innocente , c'est un devoir , m'as-tu dit. Si elle est coupable , eh bien, c'est un acte de bonté , de clémence et tu dois à ton fils l'exemple de toutes les vertus.

HAROUN.

Sais-tu pour qui tu m'implores ? Cet enfant , dont tu me demandes de conserver la vie, deviendra ton plus cruel ennemi.

HASSAN.

Lui ? (*il prend Naïr dans ses bras.*) N'est-ce pas que tu ne me haïras jamais ?

NAÏR.

Jamais.

HAROUN.

Quelque jour, ses prétentions au trône susciteront dans
tes Etats des guerres interminables.

HASSAN.

Et je serais la cause de cet affreux sacrifice !... Ah ! loin
que l'on répande du sang, je ne veux point d'un trône s'il
doit en coûter seulement une larme à l'innocence. Zaïda,
et toi faible créature, joignez-vous à moi, embrassous les
genoux d'Haroun, élevons nos mains suppliantes vers lui...
Pardonne ! ô mon père !... pardonne...

ZAÏDA et NAÏR, *aux genoux d'Haroun.*

Pardonne !...

HAROUN, *attendri les relève et dit avec beaucoup d'émotion.*

Hé bien !... s'il en est tems encore...

SCENE XII.

ZAÏDA, NAÏR, HASSAN, UN GARDE du Calife,
HAROUN.

LE GARDE.

Commandeur des Croyans, une affreuse sédition vient
d'éclater. L'escorte qui conduisait Giafar, séduite par les
conseils de Raymond, vient de ramener le Visir dans son
camp. L'armée a reçu son chef avec des transports de joie
qui vont jusqu'au délire. Elle le nomme hautement son maître. Fuyez, Seigneur, ou vous avez tout à craindre de l'audace des révoltés.

HAROUN.

Moi, fuir ! je vais à leur rencontre. Ma présence les aura
bientôt rappelés au devoir.

SCENE XIII.

NAÏR, ZAÏDA, HASSAN, MORABEK, Bédouins,
HAROUN, LE GARDE.

MORABEK, *en-dehors.*

Suivez-moi !... Courons de ce côté. (*il arrive par le fond
à la tête d'un bon nombre des siens.*)

HAROUN.

Des Bédouins !

MORABEK, *à Haroun qu'il prend pour un simple soldat.*

Où est le Calife ?

HAROUN.

Tu vas le savoir. (*il remonte l'escalier qui mène au château en criant.*) A moi !

MORABEK.

Tu appelles du secours ! (*il s'élance sur le Calife qui est
défendu par Hassan, Zaïda et Naïr.*)

HAROUN.

Soldats, obéissez à la voix de votre maître.

SCENE XIV.

NAIR, ZAÏDA, HAROUN, ABOULCASEM, MORABEK, Bédouins.

(*Haroun recule et gagne le côté gauche de la scène.*)

ABOULCASEM, *paraissant sur le seuil de la porte.*

Ah ! c'est toi qui es le maître. Je te remercie de me l'a-
voir appris ; car c'est toi que je cherche et je ne t'aurais pas
deviné sous ce déguisement.

HAROUN.

Que veux-tu ?

ABOULCASEM.

Te faire mon prisonnier.

HAROUN.

Haroun prisonnier d'un Bédouin ?

ABOULCASEM.

Pourquoi pas, quand le Bédouin est plus adroit ou plus
fort que lui ?

HAROUN.

Jamais.

ABOULCASEM.

Allons, sans cérémonie, donne-moi ton cimeterre.

HAROUN, *se mettant en défense.*

Viens le prendre.

ABOULCASEM.

Toute résistance est inutile. La garnison du fort est dé-
sarmée et prisonnière.

HAROUN.

Les lâches !

ABOULCASEM.

Rends-toi de bonne grace.

HAROUN.

Non.

ABOULCASEM.

Tu aimes donc mieux te battre avec moi ? J'y consens ;
je ne serai pas fâché de me mesurer avec un si noble adver-
saire.

Les Ruines.   K

HAROUN, *se retranchant à gauche et se mettant en garde.*
Approche, si tu l'oses.

ABOULCASEM.
Pourquoi pas ? (*Un combat s'engage entre Aboulcasem
et le Calife qui est bientôt désarmé.*)

***

SCENE XV ET DERNIÈRE.

HASSAN, HAROUN, GIAFAR, ZAIDA, NAIR,
MORABEK, ABOULCASEM, RAYMOND, Soldats,
Peuple, Bédouins.

GIAFAR, *accourant.*
Arrête, Aboulcasem !

TOUS.
Giafar !

ABOULCASEM.
C'est toi, Barmécide ? sois le bien venu. Tu m'as laissé
la vie dans le désert, on m'a instruit de tes dangers et j'ai
couru m'acquitter envers toi.

GIAFAR.
Je te remercie. Mes fidèles compagnons d'armes ont pris
soin de ma vengeance.

ZAIDA, *allant au devant de Giafar et effrayée de l'agitation
où elle le voit.*
Giafar, je t'en conjure, fais taire un trop juste ressentiment.

HASSAN, *de même.*
Epargne mon père !

GIAFAR, *les repoussant tous deux.*
Laissez-moi. (*Se tournant avec noblesse et fierté vers le
Calife.*) Tu le vois, Haroun, ta situation ne présente
aucun espoir de salut ; tes gardes me sont dévoués ; les Bédouins sont tes ennemis ; te voilà seul au milieu des plus
affreux dangers, et tu n'as plus même pour te défendre, le
soutien de ta couronne, ton ami le plus zélé, Giafar. Tu
l'as forcé d'abandonner ta cause, et par ton injustice et
par tes cruautés. Reconnais enfin combien il est dange-
reux de se livrer à l'impétuosité des passions. Celui qui gou-
verne un grand peuple, lui doit de grands exemples. Si
réprimant un aveugle transport, tu n'avais écouté que la
voix de la justice, en conservant une épouse et un fils à

celui qui venait de sauver tes états, tu n'aurais point, en un seul jour, terni ta gloire, outragé l'amitié, méconnu la nature et compromis le rang suprême.

HAROUN, *avec amertume.*

Politique adroit, profite de mes torts pour satisfaire ton ambition.

GIAFAR.

Tu l'as dit, Haroun. Je l'avoue, l'occasion est trop belle pour la laisser échapper. Aboulcasem, et vous, braves soldats, promettez-vous de me servir ?

TOUS.

Oui.

ABOULSEM.

Demande-moi tout ce que tu voudras.

HASSAN, *à part.*

Je tremble !

ZAÏDA, *à part.*

Aurais-je méconnu Giafar ?

GIAFAR.

Jurez-tous, par Mahomet, de m'obéir aveuglément.

TOUS.

Nous le jurons.

GIAFAR, *avec énergie.*

Hé bien, imitez-moi. (*il lève son cimeterre. Les soldats et les Bédouins en font autant.*) Tombez aux pieds de votre légitime Souverain. (*Tous posent les armes et se prosternent devant le Calife. Les esclaves des Bédouins sont accourus et garnissent les ruines. Tableau général.*)

HAROUN.

Ah ! Giafar !... combien je fus injuste et que ta vengeance est noble ! (*il le relève et lui tend les bras. Giafar s'y précipite.*) Zaïda, Naïr, Hassan, Raymond, venez tous dans mes bras.

GIAFAR.

O mon maître !

(*La toile tombe.*)

FIN.